살아 있다는 건
울어야 아는 것

살아 있다는 건___울어야 아는 것

siso

글을 업으로 삼아 살아가는 일이 눅진하고 무겁던 어느 계절, 나는 선생과 제자로 그녀들과 처음 만났다. 고백하자면 누군가를 가르칠 만큼의 구력도, 대단한 경력도 없었던 나는 그저 쓰고 또 써야 했던 글쓰기의 감옥에서 도망치기 위해 그녀들과 수업을 시작했다. 그리고 누구보다 뜨겁고 열정적이었던 그녀들과의 수업은 생각지도 못한 것들을 나에게 남겼다.

가르친 것보다 배운 것이 훨씬 많았다. 세상을 바라보는 그녀들의 따뜻하고 희망찬 시선, 포기하지 않고 나아가는 용기와 삶의 곳곳에 스며있는 인생의 아름다운 자국들. 그 모든 것이 고스란히 담겨 있던 그녀들의 글을 통해 나는 그 눅진하고 무겁던 시절을 견디고 위로받았다.

호주 사회에 우뚝 선 당당한 한국여성, 이국땅에서 아픈 아이를 키우는 단단한 엄마, 낯선 타국에서도 도전을 멈추지 않는 멋진 여자, 아픈 몸과 싸우면서도 글쓰기를 멈추지 않는 존경스러운 작가, 유쾌하고 통쾌하게 삶의 아픔들을 끌어안고 나아가는 씩씩한 하나의 사람.

이 책 안에는 내가 사랑해 마지않는, 그녀들의 이야기가 가득 채워져 있다. 넘어지고 일어나기를 두려워하지 않고, 맞서 싸우기를 게을리하지 않는 그녀들의 아름다운 삶의 여정이.

나의 한 시절을 위로해 주었던 그녀들의 이야기가 이 책을 만나는 모든 독자에게도 가닿길 소망한다. 해서, 멀리 바다 건너 호주 땅에서 싹 틔운 그녀들의 이야기가 많은 이의 마음에 움트고 피워, 아름다운 꽃으로 기억되길 바란다.

나의 첫 제자이자 아마도 마지막이 될, 그녀들의 선물 같은 이야기들을 누구보다 뜨겁게 응원하며….

- 드라마 작가 추혜미

이사를 했다. 시드니 올림픽 파크의 넓은 공원이 내려다
보이는 전망의 작은 서재도 생겼다. 난생처음 가지는 서재인데
어쩐 일인지 한 달이 지나도록 편안한 느낌이 들지 않았다. 전
에 살던 아담한 집에는 나만의 공간이 없어 베란다에서 책을
읽거나 공부를 했다. 그 작은 베란다는 햇살이 내려앉은 둥지
처럼 나의 몸과 영혼을 따뜻하게 품어 주었건만 넉넉한 공간의
이 집은 나에게 제 품을 내어주지 않는 것만 같았다.

학교가 멀어진 딸아이는 1시간 일찍 일어나 버스를 타러
부지런히 집을 나섰다. 아이를 배웅하고 커피를 들고 서재에
들어가 책상에 앉았다. 조용한 시선으로 방을 둘러본다. 먼지
를 털어낸 책들이 질서 정연하게 꽂힌 창가 앞 책장에 눈길이
머문다. 방 코너 벽을 따라 마주 보고 선 책들 사이로 아침 햇살

이 드리워져 바닥에 좁고 긴 빛의 카펫이 깔렸다. 누군가 끌어당기듯 나도 모르게 햇살 방석 위에 앉아본다. 책 냄새를 맡으며 창밖의 하늘을 바라보고 있자니 엄마 품처럼 따스한 온기에 어느새 눈이 감겼다. 그래, 바로 여기다. 비행기 앞 좌석에 달아둔 아기 베시넷 같은 이 공간. 새집이 내게 내어주는 품이라는 걸 바로 알 수 있었다. 아직 풀지 않았던 마음의 이삿짐을 내려놓았다.

이 책은 각자 다른 스토리를 안고 한국에서 호주로 장거리 이사를 온 다섯 명의 여성들이 들려주는 이야기이다. 호주라는 새로운 삶의 터전이 자신에게 내어주는 품을 찾기까지는 결코 쉽지 않았다. 삶은 자상한 선생님이 아니니까. 각자의 인생 문제지를 풀며 때로는 많이 울고, 때로는 사무치게 그리워하면서 행복해지는 법을 배워가고 있다.

독서모임으로 인연을 맺은 우리는 이 책이 두 번째 출간이다. 지난해엔 7명의 멤버들이 함께 써오던 감사일기를 책으로 엮어냈다. 일상의 감사를 담은 투박하고 짧은 일기일 뿐인데 우리의 글을 통해 위로받고 삶에 작은 변화를 시도하고 있다는 독자분들의 메시지를 받을 때면 가슴이 벅차오르곤 했다. 이번엔 함께 글쓰기 공부를 하면서 호주의 교민 신문과 잡지에 기고하던 선율님과 감사일기 출간 멤버 4명이 모였다. 타국에서 이방인으로 살아가는 우리의 고군분투기 속에 반짝이는 웃음과 눈물, 소소하지만 의미 있는 일상들을 담아 보기로 했다.

　설렘으로 의기투합하여 글을 쓰기 시작했으나 머릿속은 엉킨 실타래가 되어 어떤 이야기도 쉬이 손끝으로 흘러나오지 않았다. '나'를 솔직하게 보여주는 '삶'에 대한 글을 쓴다는 건 그만큼 용기가 필요했던 것이다. 즐겁고 행복한 일들만 써도 좋으련만 이상하게 우린 우물물을 길어 올리듯 가슴 깊은 곳의 이야기들을 퍼내어 쓰고 있었다. 그 과정은 힘겨웠다. 아물지 않은 상처에 소금물이 닿는 듯한 통증을 감수해야 했고 속절없는 눈물이 흐르기도 했다. 손가락이 고장이 났는지 글이 써지지 않아 멍한 나날을 보냈다.

　지난 시간을 복기하여 글로 써내는 일은 모두에게 어렵고 긴 시간이었지만 아픈 챕터의 마지막 마침표를 찍는 순간엔 실컷 울고 난 뒤에 찾아오는 나른한 평온함도 있었다. 서로의 글을 읽으며 웃고 울면서 덜 아문 상처에서 새살이 올라오는 것이 느껴졌다. 어쩌면 다른 이의 삶 속에 담긴 '나'를 알아보고 보듬어주었기 때문일지도 모르겠다. 우리가 이 글을 쓰고 읽으며 마음의 치유를 얻었던 것처럼 이 책을 읽는 당신도 그 안의 자신을 발견하고 따뜻하게 안아줄 수 있기를 바란다.

　한국이든 호주든, 그 어느 하늘 아래서든 삶이 우리에게 요구하는 것은 같다. 자신만의 삶의 여정에서 '행복'을 알아보는 눈을 뜨는 것. 그러려면 때때로 울어도 괜찮다. 박노해 시인

이 '울어야 산다'고 노래했듯 살아 있다는 건 울어야 아는 것이
니까.

한여름의 크리스마스를 기다리며
시드니에서
김별

* 목차 *

---

chapter 1
여전히 작고 소중한 행복들
김별

---

chapter 2

삶은 조금씩 깊어져 가고

박은지

chapter 3
아직 오지 않은 날들을 위해
선율

chapter 4
누구에게나 인생은 쉽지 않다
장겸주

chapter 5
인생의 가장 좋은 것을 기다리는 일
조소연

여전히 작고
소중한 행복들

김별

Australia

물, 햇빛 그리고 시간

"이혼하자. 나도 할 만큼 했잖아."

곱창집에 앉아 소주잔을 앞에 놓고 그가 말했다. 이른 저녁, 손님이 없는 가게 안에는 지글지글 곱창이 타는 소리만 들려왔다. 나는 예전부터 곱창도 소주도 좋아하지 않았다. 앞에 앉아있는 남편도 오늘은 저 음식만큼 낯설기만 했다. 그가 하고 있는 말이 외계어처럼 이해가 되지 않아 한참을 멍하니 앉아있었다.

"그럼 우리 딸은?"

내가 겨우 꺼낸 첫마디였다.

"네가 한국에서 잘 키워. 양육비는 보낼게."

그날 남편과 나는 소주를 마시고 또 마셨다. 밀물과 썰물처럼 가게가 차고 빠지기를 반복하다 텅 비어 우리만 남을 때까지. 나는 '결혼 서약을, 아이가 있는 이 가정을 어떻게 깨뜨릴 수 있냐'는 말만 되풀이했고, 그는 이대로 살다간 미칠 것 같다고 엉엉 울었다. 그의 눈물은 절규에 가까워서 결국 울부짖는 그에게 이혼해주겠다고 말해버렸다.

우리에겐 결혼하고 1년여 만에 아이가 생겼고 호주에서 출산을 했다. 출산 이후 나는 건강을 회복하지 못하고 줄곧 환자로 살아야 했다. 병원에서는 치료가 어려운 병이라고 했다. 남편은 새로 시작한 사업으로 바빴고 내 자신과 아이를 홀로 돌볼 수 없어 친정이 있는 한국에 나와 지낸 지 두 해쯤 되었을 때였다.

"우리 딸이 너무 보고 싶어 미칠 것 같아."

내가 처음 한국에 나왔을 때 그는 매일 말했다.

"와이프, 언제 와?"

퇴근 후 텅 빈 신혼 집 침대에 홀로 누워 영상통화를 할 때면 같은 질문을 반복했다. 남편은 3개월에 한 번씩 한국에 와서 일주일 정도 시간을 보내고 돌아갔다. 그럴 땐 자신에게도 아내가 있다며 소리를 지를 정도로 즐거워했다. 그러다 떨어져 지낸 지 1년쯤 지나면서부터 서서히 관계에 금이 가기 시작했다. 내 전화를 잘 받지 않았고 목소리는 차가워져 갔다. 그의 사랑은 긴 시간 외로움에 잠식되어 어느 순간부터 미움과 원망으로 바뀌고 있었다. 그가 외로움과 싸우는 동안 나는 통증과 싸웠고 병이 빼앗아간 내 꿈들을 떠올리며 비통해했다. 그 사이 무엇을 잃어버리고 있는 줄은 꿈에도 모른 채….

다음 날 아침, 남편은 인천공항행 버스에 몸을 실었다. 그렇게 나는 이혼녀가 되었다. 그때만큼 철저하게 혼자인 느낌은 처음이었다. 내가 넋이 나가 있는 동안 딸아이의 성장시계는 거꾸로 돌아갔다. 말도 글도 빨리 깨친 영특하던 5살 아이가 갑자기 소변을 가리지 못했다. 하루에도 몇 번씩 선 채로 오줌을 싸기 일쑤였다. 나의 불안이 고스란히 아이에게 쏟아져 들어가고 있었다.

싱글맘이 되었음을 채 받아들이기도 전에 남편에게서 연락이 왔다. 셋이서 다시 한번 잘해보자는 것이었다. 나는 앞뒤 가리지 않고 아이를 들쳐업고 시드니로 돌아왔다. 이제 다 괜찮아질 거란 내 생각은 착각이었다. 남편은 연락 없이 집에 들어오지 않는 날이 늘었고, 가끔 말을 섞어도 싸늘하기 그지없었다. 두 마디 이상 대화가 길어지면 어김없이 서로의 심장에 얼음을 박아 넣고서야 끝이 났다. 눈빛, 언어, 몸짓, 모든 것이 서로를 베는 칼날이었다. 내 육신처럼 나의 가정도 난치성 질환에 걸린 것만 같았다.

"쾅!"

그가 현관문을 닫고 나가는 소리가 들렸다. 마음에 안도감이 밀려왔다. 마주치지 않는 것이 최선이었다. 그는 내가 잠들면 집에 와 조용히 자기 방으로 들어가고 아침에 아이를 등교

시키고 돌아오면 이미 나가고 없었다. 하루에 단 한 번도 마주치지 않는 날이 많았다. 부부라기보다 한 집을 쉐어하는 타인이 되었다. 신혼 초에는 그에게 걸려오는 전화벨, 퇴근 후 집에 들어오는 문소리에도 설레곤 했다. 이제는 '아이를 엄마, 아빠가 모두 있는 가정에서 키우고 싶다'는 집착만이 남았을 뿐이었다. 무표정한 얼굴을 하고 사는 부모 곁에서 아이가 받을 상처는 철저히 외면한 채 그저 하루를 버티고 있었다.

시간은 무심하게 잘도 흘러갔다. 남편과의 재결합을 위해 호주로 돌아오고 몇 번의 계절이 바뀌었는지 모르겠다. 여러 번 에어컨을 켰고 히터를 틀었다. 무감한 눈으로 초록이 낙엽이 되고 보라색 자카란다 꽃이 피고 지는 것을 지켜보았다. 호주에 와 처음 알게 된 나무가 자카란다이다. 세상을 신비로운 보랏빛으로 물들이는 봄의 전령이다. 이번 봄엔 유달리 내 눈을 사로잡는다. 산책을 나가니 코끝을 스치는 싱그러운 봄 향기에 나도 모르게 힘껏 숨을 들이마셨다. 아직 내게 이런 감성이 남아있었나 의아했다.

원래 청소와 정리정돈을 좋아하던 나였지만 아프고 나서부터 청소기를 돌리는 일조차 버거워졌다. 덕분에 겉보기만 정리된 먼지 구덩이에서 몇 해를 살았다. 힘껏 들이마신 봄 향기 때문이었을까 갑자기 더 이상은 안 되겠다는 생각이 들었다. 며칠 앓아 눕더라도 올해는 묵은 먼지를 털어내기로 마음먹었다. 책장 맨 윗 선반부터 걸레로 훔치려고 의자를 놓고 올라섰다. 순간 나는 그대로 얼어붙었다. 죽은 줄 알고 치워 둔 호접란 화분에 방울방울 아주 작은 초록 꽃봉오리들이 달려 있었다. 작년에 지인에게서 선물 받은 화분이었다. 해가 들면 빛을 받은 꽃잎들이 눈부시게 반짝였다. 어느 봄 강가에서 본 하얀 나비무리를 떠오르게 해 바라만 바도 황홀해지곤 했다. 꽤 오랫동안 내게 위안이 되어주던 화분이었는데 꽃이 지면서 밑동까지 타 들어가 내 눈에는 죽은 화분처럼 보였다. 그 모습이 내 삶을 닮은 것만 같아 안 보이는 높은 선반 위에 올려놓은 것이었다.

얼른 햇살 좋은 창가로 화분을 옮겼다. 바싹 마른 흙에 물을 주고 지지대를 대어 새 줄기를 세워주었다. 매일 자라는 게 눈에 보였다. 점점 그 작고 귀여운 초록 망울들이 부풀어 오르더니 며칠 후 아침인가 눈을 비비며 나간 거실 창가엔 하얀 나비들이 내려앉아 있었다. 무지하고 성급한 내가 방치해둔 그 화분이 작년보다 더 많은 날개를 품고 잠들어 있었다는 사실에 나도 모르게 코끝이 시큰거렸다. 뜬금없이 검색창에 호접란의 꽃말을 찾아보았다.

'행복이 날아들다.'

심장이 두근거렸다. 마른 먼지가 피어오르는 내 가슴속에도 무엇인가 살아있다는 듯이.

그날 저녁 말끔하게 청소한 거실에서 늦게까지 책을 읽고 있었다. 남편이 들어오는 문소리가 들렸다. 여느 때와 달리 나는 고개를 들고 그에게 인사를 건넸다.

"왔어?"

남편은 환청이라도 들은 듯 놀란 눈으로 나를 봤다. 그렇게 우리는 아주 오랜만에 짧지만 서로의 눈을 맞추었다.

벌써 3년이 흘렀다. 마음에 뚫려 있던 구멍으로 하얀 나비들이 날아든 날로부터. 이후 많은 것이 변했다. 남편과도 훨씬 편안한 사이가 되었다. 고집스러운 빗장을 풀고 문을 살짝 열자 그 틈으로 서서히 빛이 들어왔다. 수년간 쌓아 올리던 장벽을 손도끼로 허무는 과정은 참 더디고 힘들었다. 하지만 조금씩 대화를 시도하고 눈을 맞추고 싸우고 물러나고 다시 한 발짝 다가서며 함께 지나온 아픈 시간만큼 서로를 더 이해하고 보듬어가는 반려자로 살아가고 있다.

우리는 다년생 호접란보다 더 많은, 생이 끝날 때까지 얼마든지 피우고 또 피워낼 꽃망울들을 품고 있다. 적당한 물과 햇빛, 시간이라는 거름을 아끼지 않고 주어 가며 기다리는 마음의 여유만이 필요할 뿐이다.

버드나무와 해피

안개가 자욱한 아침이다. 여느 때처럼 딸아이를 학교에 데려다주고 공원을 찾았다. 운동화 끈을 고쳐 매고 단골 코스인 조깅 트랙으로 빠르게 발걸음을 옮긴다. 습기를 머금은 청량한 숲의 공기를 가슴을 부풀려 한껏 들이마신다. 하루 중 가장 행복한 시간이다. 숲길로 들어서는 계단에서 가볍게 다리를 풀고 스트레칭을 한 후 작은 다리를 건넌다. 오솔길의 양옆으로는 나무와 풀숲이 우거져 있다. 이곳을 지나면 내가 가장 좋아하는 구간, 새들의 서식지인 호수가 나온다. 오늘은 어떤 새들과 조우하게 될까 설렘이 걸음마다 묻어난다. 산책은 늘 즐겁지만 오늘처럼 안개 낀 아침은 조금 더 특별하다. 안개만큼 짙은, 달콤하고도 아릿한 향수를 불러일으키기 때문이다.

유치원에 다닐 무렵 우리 집에 '해피'라는 강아지 한 마리가 들어왔다. 아빠는 진돗개라고 했는데 내 생각에 녀석은 진 돗개보다는 그냥 잡종견 누렁이였다. 귀엽디귀여운 복슬강아 지 해피는 금방 자라서 내 몸집보다 커졌고 나는 그런 해피가 좋으면서도 무서웠다. 해피에게 호빵을 나누어 주다 엄지손가 락을 물린 뒤로는 더욱 그랬다.

녀석이 우리 집에 온 뒤 아빠는 아침 일찍 삼 남매를 깨워 해피를 데리고 산책하는 걸 좋아하셨다. 집 앞에는 개울물이 흘렀고 아빠는 그 물이 한강으로 이어진다고 했다. 개울이라고 하기에 어린 내 눈에는 강처럼 큰 물줄기였다. 강폭이 꽤나 넓 었고 깊은 곳이 많아서 함부로 발을 담그고 놀 수 있는 곳은 아 니었다. 장마에 개울물이 불어나 홍수가 나지 않도록 마을과 개천 사이에는 높은 강둑이 쌓여 있었다. 마을 사람들은 그곳 을 '앞 냇가'라고 불렀고 강둑은 '뚝방'이라고 했다. 뚝방은 물 줄기를 따라 가늠하기 어려울 정도로 길게 뻗어 있었다.

아빠 손에 이끌려 비몽사몽 뚝방 경사면을 오르면 앞 냇가 의 수면 위로 안개가 자욱하게 깔려 있곤 했다. 둑의 오른쪽 저 멀리 시야가 닿는 곳에 다른 마을로 이어지는 다리가 있고 그 옆에 커다란 버드나무 한 그루가 홀로 우아한 자태를 뽐내며 서 있었다. 어른 둘이 팔로 감싸도 버거울 정도로 두터운 몸통 에 길게 늘어뜨린 초록색 머리칼이 어찌나 풍성하게 흘러내려 있는지 멀리서도 그 아름다운 모습이 한눈에 들어왔다.

"저기 보이는 버드나무 있지? 거기 먼저 짚고 되돌아오는 사람이 이기는 거야. 알았지? 요이~ 땅!"

　아빠는 이 한마디를 외치고는 내 손을 놓고 달음질을 치셨다. 오빠들과 나도 질세라 전속력으로 뒤를 쫓았다. 그런데 문제는 해피였다. 하필이면 내 뒤만 졸졸 따라 뛰어오는 것이었다. 나는 해피가 내 엉덩이를 물 것만 같아 필사적으로 달렸다. 하지만 아무리 열심히 뛰어도 그 녀석은 바로 내 엉덩이 뒤에 있었다. 결국 엉엉 울음을 터뜨렸다. 내 울음소리에 아빠는 미소를 머금고 뒷걸음으로 달려와 내 앞에 쪼그리고 앉아 등을 내밀었다. 얼른 그 넓은 등에 뛰어올라 두 팔로 아빠의 목을 감쌌다. 나를 업고도 아빠의 발걸음은 가벼웠다. 내 엉덩이를 노리던 해피는 이제 아빠 허리춤에서 달랑거리는 두 발을 공격했다. 해피의 코라도 발에 닿을까 무서워 발을 오므리며 자지러지게 울어 댔다. 아빠는 그런 내가 우스운지 껄껄 웃으셨다. 딸은 공포의 도가니인데 뭐가 그리 우스운지 아빠에게 느낀 야속함과 안전할 것을 알면서도 무서운 그 순간의 감정이 여전히 생생하다. 젊은 아빠의 등에 업힌 작은 아이는 아비가 경쾌한 발걸음을 뗄 때마다 몸을 들썩거리며 눈물을 흩뿌렸다.

　안개 낀 아침 공기의 냄새, 아빠의 웃음소리, 오빠들이 구겨 신은 운동화를 끌며 뛰는 소리, 해피가 흥분해서 컹컹대는 소리, 아빠의 어깨너머 초록빛 머리칼을 흩날리며 서 있는 버드나무의 신비로운 자태…. 공원을 걷다 보면 수많은 생각이 떠올랐다 사라진다. 주로 부정적인 생각이 많아 걷기에만 집중하려고 신경쓰고부턴 슬프고 우울한 생각들은 잘 떠오르지 않는다. 다만 커피 속에 가라앉은 각설탕 조각처럼 의식 저편에 남아 있던 추억들은 뽀얀 안개나 수양버들 따위가 휘젓는 소용돌이에 사정없이 녹아들어 달콤하게 입 안을 적시곤 한다.

살아가며 우리는 수없는 난관에 부딪힌다. 그럴 때마다 운동화 끈을 고쳐 매고 앞으로 나아갈 수 있게 해주는 원동력은 내 안에 켜켜이 쌓여 있는 아름다운 추억, 그 사랑의 힘이 아닐까 생각한다.

울보 딸에게 넓은 등을 내밀던 젊은 아비는 이제 70을 훌쩍 넘어선 할아버지가 되었다. 바다 건너 멀리 떠나온 중년의 딸에게 등을 내밀지는 못하지만 가끔 이런 문자를 보내신다.

"딸, 아빠가 용돈 조금 보냈어. 아이스크림 사 먹거라."

Wrong way, Go back

　엄마, 오늘 아침에 딸아이 머리를 빗겨주다 갑자기 그때 생각이 났어. 엄마가 나 어릴 때 머리 빗겨주던 거. 아침마다 까치집이 된 내 긴 머리를 이가 촘촘한 꼬리빗으로 곱게 다듬어 눈꼬리가 올라가도록 묶어줬잖아. 잠이 덜 깨서 눈도 못 뜨고 거울 앞에 앉아있으면 들리던 쓱쓱 빗질 소리와 시원하게 두피를 긁는 그 느낌이 참 좋았어. 그러다 너무 당겨 묶으면 아프다고 볼멘소리를 했는데 엄마는 아랑곳 않고 높이 묶은 머리 총을 양 갈래로 잡고 당겨서 더 단단히 묶어주곤 했지. 왜 그렇게 잔머리 하나 튀어나오는 것도 싫어했는지 그땐 참 엄마를 이해할 수가 없었어.

　그거 알아? 저녁에 엄마가 머리방울을 풀어주면 양손가락으로 얼얼한 머릿속을 쓸면서 다짐하곤 했었어. 크면 절대로 머리 따위 묶지 않을 거라고, 찰랑찰랑 긴 머리를 꼭 풀고 다닐 거라고 말이야. 이제 와서 생각해 보면 그때 엄마는 무너지지 않으려고, 내 머리를 묶듯 엄마 자신을 단단히 동여매고 살았던 것 같기도 해.

난 풀어 내린 머리칼이 바람에 춤추듯 그렇게 사뿐하게, 자유로이 살고 싶었어. 엄마 인생이 어쩐지 꽉 당겨 묶은 머리총처럼 숨이 막혀 보였거든. 정말 그럴 수 있을 줄 알았어. 엄마도 힘든 일을 왜 나는 그렇게 쉬울 거라 생각했던 걸까?

엄마도 알지? 내가 운전을 참 못 하잖아. 운전면허증도 5번이나 떨어지고 6번째에 딸 정도였잖아. 그런 내가 호주에 와서 길눈도 어둡고, 운전석이 오른쪽인 것도 낯설어 실수를 참 많이 했어. 그러다 보니 종종 마주치던 교통 표지판이 있더라고.

'Wrong way, Go back.'

빨간색 바탕에 하얀 글자로 쓰여 있는 그 글귀가 신이 내게 보내는 경고 같아서 핸드폰에 저장해 두고 꺼내 보곤 해. '우리 삶도 길을 잘못 들어설 때 그런 사인이 나타나 알려주면 얼마나 좋을까?' 하면서 말이야.

엄마, 난 지금 어디에 서 있는 건지 잘 모르겠어. 어디서부터 길을 잘못 들어선 건지 정신을 차리고 보니 막다른 길이네. 요즘 들어 자꾸 그날의 모습이 떠올라. 엄마가 밤늦도록 자러 올라오지 않던 어느 새벽, 부엌에 쪼그리고 앉아 엄마의 '엄마'

를 부르며 울던 모습이. 많이 보고 싶다. 엄마.

　힘든 날이면 엄마에게 편지를 쓰곤 했다. 보낼 순 없지만 이렇게 글로 풀어내고 나면 딱딱해진 호흡근들이 조금은 유연해진 듯 숨쉬기가 좀 편해졌기 때문이다. 언제 끝날지 모를 육신의 통증과 싸우며 위태로운 가정을 붙들고 외줄을 타듯 살아가던 때, 유독 'wrong way, go back'이란 교통 표지판이 눈에 자주 들어왔다.

　'신이 진작 내게 이런 사인을 보내주었다면… 그랬다면?'

　이제 더 이상 나는 그런 의문을 품지 않는다. 인생을 통해 답을 찾았으니까. 내 삶은 어느 둔덕 작은 웅덩이에 고여 있는 물과 같았다. 어디로도 흐르지 못한 채 점점 탁해지고 있는 물. 물은 경사를 거슬러 올라갈 수 없다. 단지 아래로 흘러갈 뿐. 거슬러 올라가고 싶은 마음을 품었으니 그런 사인이 끊임없이 내 눈에 들어왔던 것이다. 비가 오면 자연스레 아래로 흘러가 강을 만나고 바다를 만날 것을 그때는 알지 못했다. 오랜 시간이 걸리긴 했지만 비는 내렸고 이제 둔덕의 작은 웅덩이를 벗어나 흐르고 흐른다. 조금씩 더 큰 물을 만나 더 맑아지고 더 힘차게 흐른다.

　신은 우리에게 'wrong way, go back'과 같은 표지판을 주지 않으시기에 삶은 결코 되돌아갈 수 없다. 다행히도 여러 갈래의 길 중에 어느 길로 흘러갈지 선택할 수 있는 권한을 주섰다. 그 길로 흘러가며 어떤 마음가짐으로 살아갈지 정하는 것도 온전히 우리의 몫이다. 내게 그 사인이 계속 보였던 것은 다른 의미로 신이 내게 보내는 메시지였다고 생각한다.

'깨어나라! 지금 너의 의식이 흘러가는 방향은 잘못된 길이란다.'

나는 더 이상 되돌아가기도, 위로 거슬러 올라가기도 바라지 않는다. 고이면 고이는 대로 흐르면 흐르는 대로 그 시간을 살아간다. 고여 있는 순간마저 즐기고 감사드리며. 비는 내릴 게 분명하니까.

그녀의 릭 수프

아침에 일어나 방문을 열고 거실로 나오면 집 안의 공기는 여전히 잠이 들어있다. 늘 그렇듯 제일 먼저 하얗고 둥근 커피 머신 머리의 동그란 버튼을 살포시 누른다. 윙~ 하는 소리와 함께 그윽한 아로마가 정지된 공기를 흔들어 깨운다. 매일 반복해도 결코 싫증나지 않는 아침 루틴이다. 밀크 프로더에 우유를 부으려는데 손으로 느껴지는 무게가 턱없이 가벼웠다. 하는 수 없이 롱블랙 커피 위에 조금 남은 우유를 털어 넣었다. 투명한 블랙커피는 아이보리 물감이 번지듯 아지랑이를 피우며 밀크 초콜릿 색으로 변했다. 이건 딱 그녀가 좋아하는 스타일의 커피였다.

내가 마리아를 처음 만난 건 딸아이의 유치원 친구 생일파티에서였다. 호주에서 출산을 했지만 내 몸이 아픈 탓에 한국에 있는 시간이 많았다. 아이는 결국 영어를 못 하는 상태로 유치원에 들어갔다. 숫기라곤 없는 엄마이지만 딸에게 친구는 만들어줘야겠다는 생각에 처음으로 초대받은 생일파티에 부러 참석했다. 걱정과 달리 몸으로 노는 나이인 아이는 언어가 통하지 않아도 친구들과 신나게 놀았고 언어로 놀아야 하는 나이인 나는 눈으로 아이를 쫓다 어색하게 커피잔이나 만지작거리기를 반복하고 있었다. 갈 곳을 잃고 방황하던 내 눈에 옆자리에 앉아 밝게 웃고 있는 한 엄마가 들어왔다. 자그마한 그녀는 연한 카페라떼가 떠오르는 피부를 가지고 있었고 그보다 더 진한 갈색의 긴 머리칼은 오후 햇볕을 받아 금빛이 감돌았다. 정확하게 아치를 이루는 눈썹 아래로 반짝이는 골든 브라운의 눈동자가 매력적이었다. 나는 무슨 용기인지 먼저 말을 걸어보았다.

스페인 억양이 강한 영어로 화답하며 서슴없이 작은 손을 내밀어 온 그녀는 콜롬비아에서 왔다고 했다. 알고 보니 나이도 비슷하고 바로 옆 아파트 단지에 사는 이웃이었다.

"한 동네 친구를 만나다니 너무 반갑네요. 요즘 집 앞 공원에서 파워 워킹하는데 괜찮으면 같이 운동할래요?"

투명인간처럼 앉아있던 나를 스스럼없이 대해주는 그녀가 햇살처럼 따스하게 느껴졌다. 그날 이후 아이 학교에 가면 반갑게 인사를 건넬 수 있는 아는 엄마가 생겼고, 함께 공원에서 운동하고 카페에서 커피를 마시며 호주생활을 이야기할 벗이 생겼다.

　마리아는 친구들이 참 많았다. 서로의 속내를 내보일 수 있는 몇 명의 친구이면 만족스러운 나와는 정반대였다. 친구가 많은 사람을 보면 부럽기도 했지만 가볍게 사귀는 거라며 지레짐작하곤 했다. 그런 나의 생각마저 바꾸게 해준 게 그녀다. 한 사람 한 사람을 예의와 따스함으로 대하고 누군가 힘들어 보이면 그냥 넘어가는 법이 없었다. 어쩌면 그녀의 눈에 나의 어두운 그림자가 보여 더 내게 곁을 내주었는지도 모른다. 나는 그때 몸보다 더 아픈 가정사 때문에 마음이 힘든 시기였다.

　나도 모르게 그녀에게 많은 속 얘기를 했다. 오히려 같은 한국인이 아니었기에 더 편하게 이야기할 수 있었던 것 같다. 이토록 넓은 나라 호주이지만 한국 시골마을의 아주 작은 동네보다 더 좁은 곳이 이곳 한인 사회다. 몸과 마음이 아픈 동양인 친구의 이야기를 그녀는 언제나 조용히 들어주고 눈빛으로 손으로 등을 쓸어주었다. 그녀는 아픈 나를 두고 한국으로 돌아가는 친정엄마에게 혹시라도 나와 연락이 되지 않으면 자신에게 전화를 하라며 자신의 전화번호를 주었다. 말도 통하지 않는 외국인 친구의 배려였지만 엄마는 핸드폰에 마리아의 번호를 저장하셨다.

　"에린, 요즘 잘 지내? 한참 통화를 못 해서 궁금했어."

　"응, 나 괜찮아, 마리아. 잘 지냈어?"

　"근데 에린 목소리가 왜 그래? 어디 아픈 거 아니야?"

남편과 언쟁을 벌이고 서러움이 폭발해 며칠을 두문불출하던 때였다. 당시 우리 부부는 수년째 사이가 좋지 않았고 아픈 몸 때문에 나가서 돈을 벌 수 없는 내 처지가 받아들여지지 않아 자격지심이 풍선처럼 부풀어져 있었다. 게다가 아내로, 엄마로 그 어떤 역할도 제대로 해내지 못하고 마음이 떠난 배우자에게 얹혀 산다는 비약으로 나는 비참함의 수렁에 빠져 있었다.

"아니야, 마리아. 정말 괜찮아."

나도 모르게 목소리에 눈물이 묻어났다.

"안 되겠어. 지금 좀 만나. 집이지? 내가 그쪽으로 갈게. 불편하면 에린이 우리 집으로 와도 좋아. 나 혼자 있어."

마리아는 얼마 전 30분 정도 떨어진 도시로 이사를 갔다. 평소라면 운전이 어설퍼 갈 엄두가 나지 않았지만 그날은 서툴게 운전을 해서 그녀가 사는 곳까지 갔다. 문이 열리고 그녀의 반가운 미소, 근심 어린 깊은 눈동자를 마주하니 울컥 눈물이 고였다. 마리아는 내가 들어서자마자 두 팔로 꼭 끌어안아 주었다.

"에린, 밥 안 먹었지? 나 릭 수프를 정말 잘하는데 지금 끓이려던 참이야. 조금만 기다려 봐."

그녀는 나를 발코니로 데려갔다. 초록이 우거진 숲을 곁에 두고 있는 그녀의 발코니는 붉은색의 해먹, 라탄으로 된 안락의자와 테이블, 색색의 커다란 쿠션들로 꾸며져 있었다.

"에린, 이 해먹 정말 편하다. 내가 이 집에서 제일 좋아하는 공간이 바로 여기야. 거기 누워 눈을 감고 있으면 마법처럼 마음이 편안해지거든. 여기 딱 누워있어. 내가 금방 릭 수프 만들어 줄게."

능숙한 손길로 나를 해먹에 누이고 조용한 연주곡을 틀어준 뒤 그녀는 주방으로 사라졌다. 그녀가 시키는 대로 나는 해먹에 누워 두 손을 모아 가슴에 올리고는 천천히 눈을 감았다. 풀내음을 가득 실은 미풍에 양볼에 흐르던 눈물이 마르는 게 느껴졌다. 잔잔한 피아노 소리, 간간이 들려오는 새소리에 귀를 기울이고 있으니 마음이 조금씩 편안해지고 나는 그대로 깜빡 잠이 들었다.

얼마나 잤을까. 주방으로 가보니 마리아는 따뜻한 수프를 만들어 식탁을 차리고 있었다.

"에린 잘 잤어? 이리 와서 앉아. 우리 엄마가 내가 아플 때마다 해 주시던 음식인데 이거 먹으면 정말 감기도 낫고 속 아픈 것도 낫고 그래. 한번 먹어봐."

그녀가 내 앞으로 밀어주는 낯선 음식을 내려다보았다. 김이 모락모락 나는 수프는 오트밀 죽처럼 걸쭉하고 옅은 초록빛을 띠고 있었다. 전날부터 먹은 게 없던 나는 조심스럽게 한 스푼을 떠서 먹어보았다. 입 안에서 부드럽게 퍼져 나가는 릭 수프는 그녀의 손길처럼 따뜻한 기운으로 식도를 따라 울렁이는 위와 마음을 잠재워주었다.

마리아는 그날 내게 무슨 일이 있었는지 끝까지 물어보지 않았다. 그저 친정집에 간 것처럼 편안하게 한숨 잘 수 있는 공간을 내어주었고, 그녀의 어머니가 해 주듯 아플 때 먹던 수프를 끓여주었다. 나는 가슴속 납덩이를 털어버리고 돌아와 딸아이를 위해 웃으며 저녁을 만들어 줄 수 있었다.

마리아는 아이가 2학년을 마칠 무렵 콜롬비아로 돌아가게 되었다. 법학과 교수인 남편이 콜롬비아 헌법재판소 판사로 추천을 받아 들어간다고 했다. 잘된 일이었기에 함께 기뻐하고 축하해주었지만 가슴 한켠에 바람이 새어 들어왔다. 그만큼 그녀에게 깊이 의지하고 있었던 것이다. 마지막 날 울음을 꾹 참고 그녀를 떠나보낸 뒤 나는 두 달이 넘도록 그녀가 떠오를 때마다 흐르는 눈물을 훔쳐야 했다. 받은 사랑이 고마웠고 돌려주지 못한 마음이 미안했다. 그녀의 부재에 익숙해지기까지 한참의 시간이 걸렸다.

마리아가 일상에서 사라지고 난 뒤 신기하게도 내 마음은 조금 더 단단해졌다. 그래도 무너질 듯 힘든 날에는 그녀에게 배운 릭 수프를 만들어 먹곤 한다. 그러면 조용히 등을 쓸어주던 그녀의 작고 따스한 손길이 떠올라 마음이 편안해진다. 그녀를 통해 우정을 배웠고 위로는 꼭 말로 하는 것이 아님을 깨달았다. 상처받은 이에게 내미는 따스한 수프, 눈빛, 손길, 안락의자 같은 것들이 말보다 훨씬 좋은 반창고가 된다는 것을 알았다.

얼마 전 그녀에게서 연락이 왔다.

"안녕! 코리안 시스터, 에린!"

그녀는 일상에 대해 이야기하고 나와 내 가족의 안부를 물었다. 나도 그녀에게 메시지를 보낸다.

'안녕! 보고 싶은 콜롬비안 시스터, 마리아!'

부끄러운 월담

"어? 주스랑 아몬드 밀크는 어디 갔지? 치즈는?"

장본 물건들을 정리해서 냉장고에 넣는데 몇 가지 물건이 보이지 않았다. 봉투 하나를 차에 두고 온 것이다.

"또 깜빡했네. 냉장식품만 아니면 이따가 가져와도 되는데…."

하는 수 없이 슬리퍼를 대충 끼워 신고 집을 나섰다. 엘리베이터를 타고 주차장이 있는 지하 3층을 누르려는 순간 서늘한 기운이 뒷목을 스치고 흘렀다.

"악! … 열쇠!"

내가 사는 아파트는 카드키가 달린 열쇠가 있어야 엘리베이터를 작동시킬 수 있고 건물 출입도 가능하다. 무엇보다 현관문은 안에서 열 때는 잠금상태와 상관없이 열리지만 닫으면 무조건 잠겨서 밖에서는 열쇠 없이 열 수가 없다. 핸드폰도 지갑도 두고 슬리퍼만 끌고 나온 상태라 급히 엘리베이터에서 내려 집으로 달려갔다. 역시 현관문은 굳게 잠겨 있었다.

'망했다! 어쩌지?'

손톱을 깨물며 복도를 왔다갔다했다. 전화기라도 있으면 락스미스(출장 열쇠)라도 부를 텐데 낭패다. 조금 있으면 아이 하교시간이라 픽업도 나가야 하는데 마냥 이러고 있을 수만은 없었다.

'옆집 문을 두드려 볼까?'

데면데면 눈인사만 하고 지나치던 사이라 이웃집 문을 두드릴 용기가 나지 않았다. 우리 집은 복도식 아파트라 딸아이 방 창문이 복도 쪽에 나 있었다. 창문을 잠그지 않았다는 사실이 떠올랐다. 까치발을 하고 창문을 한번 밀어보았다. 스르륵 힘없이 열렸다. 안쪽에 방충망도 마찬가지였다.

'오케이, 좋았어!'

죽으란 법은 없다며 나는 속으로 환호성을 질렀다. 창문은 내 키 정도 높이에 달려 있었다. 창틀을 붙잡고 힘껏 발을 굴러 벽 타기를 시도했다.

'주르륵-'

누가 봤을까 민망해 나는 바로 고개를 좌우로 두리번거렸다. 우스꽝스럽게도 땅에서 30센티미터도 안 되는 지점의 벽을 밟고 그대로 미끄러졌다. 슬리퍼 때문이라며 애꿎은 발을 내려다보았다. 사실 그게 문제가 아님은 스스로도 잘 알고 있다. 초등학교 때부터 매 학년 체력장 날이면 반에서 유일하게 매달리기 0초를 자랑했던 몸이니까. 그 시절보다 몸만 더 무거워졌을 뿐 손목과 팔의 힘은 그대로라는 뼈아픈 현실이 그 와중에도 슬펐다.

딸을 데리러 가야 한다는 일념으로 몇 차례 더 월담을 시도했고 나는 기진맥진했다. 발을 딛고 올라갈 만한 것이 하나만 있어도 될 것 같았다. 혹시 어디 눈먼 양동이나 우유상자라도 있을까 싶어 복도 난간을 잡고 아래층을 내려다보았다. 우리 집은 가장 높은 5층이었고 'ㅁ' 자 우물 형태의 복도식 아파트라 1층까지 층마다 복도가 그대로 보였다.

바로 아래층에 파란 티셔츠를 입은 아파트 청소 관리인이 열심히 복도에 물걸레질을 하고 있었다. 아담한 체구에 까무잡잡한 얼굴로 태국인처럼 보이는 그는 전에도 복도에서 몇 번 마주치고 인사를 한 적이 있었다. 물걸레질을 하고 있는 그의 옆에 양동이가 보였다.

'그래, 저거만 있으면 되겠어!'

나는 창피함을 무릅쓰고 양손으로 확성기를 만들어 아래층에 있는 그에게 외쳤다.

"저기요!"

그가 올려다보았다.

"죄송하지만 양동이 잠깐 빌릴 수 있을까요?"

들었는지 못 들었는지 그는 올라오겠다는 손짓을 보내왔다. 내가 있는 층으로 올라온 그는 무슨 일이냐고 물었고 나는 사정 설명을 했다. 그는 흔쾌히 양동이를 뒤집어 창 아래 놓아 주었다. 나는 너무나 고마워하며 양동이를 밟고 올라가 창틀을 두 손으로 단단히 잡은 뒤 회심의 도약을 시도했다.

"…."

"…."

얼굴이 빨개져서 차마 뒤를 돌아볼 수가 없었다. 아무 소리도 들리지 않았지만 그가 웃고 있는 게 느껴졌다. 나는 지면에서 아까보다 딱 양동이 높이만큼 높아졌을 뿐 여전히 양동이에서 30센티도 안 되는 높이로 잠시 공중부양을 한 후 콩 하고 바로 착지했다. 그제서야 깨달았다. 누군가 무등이라도 태워 주기 전에는 (물론 불가능하지만) 내 키 높이의 창에 절대로 못 올라갈뿐더러 올라간다 한들 벽 반대쪽으로 뛰어내리지도 못할 것이라는 걸… 나는 귀까지 빨개져서 멋쩍게 웃으며 양동이에서 내려왔다.

"하하, 생각보다 좀 높네요."

"저… 괜찮으시면 제가 해 볼까요?"

그가 말했다.

"정말요? 그래 주시면 정말 감사하죠."

나는 두 번 생각도 하지 않고 그의 제안을 받아들였다. 나보다 키가 작은 그 청년은 운동화를 벗었다. 한 발짝 뒤로 물러

섰다가 한 걸음에 양동이를 밟고 도약하더니 단숨에 창틀 위에 올라 앉았다. 흡사 고양이가 담벼락에 오르듯 가벼운 몸놀림이었다. 그는 사뿐하게 뛰어내려 소리 없이 방 안으로 안착했다.

"괜찮으세요?"

괜찮다는 그의 대답과 함께 그가 방문을 여는 소리가 들렸다. 그런데 바로 나와야 할 그가 현관문을 열기까지 잠시 정적이 흘렀다.

'뭐지?'

짧은 순간이지만 겁이 덜컥 났다. 낯선 사람이 내 집 안에 있는 것이다.

'내가 방에 뭘 놔뒀지? 현관 복도에는?'

갑자기 찰나가 1년처럼 느껴지며 오만가지 생각이 물결처럼 밀려왔다. 그러는 사이 그가 현관문을 열고 나왔다.

"죄송합니다, 제가 고양이를 무서워하는데 문간에 당신 고양이가 앉아 있어서요."

나는 '덕분에 락스미스도 부르지 않았고 아이 픽업도 늦지 않게 되었다'며 연신 고맙다는 인사를 했다. 그는 주섬주섬 신발을 다시 신었고 나는 그에게 달리 고마움을 표현할 방법을 몰라 얼른 집에서 50달러를 꺼내 와 그에게 내밀었다. 괜찮다며 손사레를 치고 사양하다가 내가 연신 권하자 조심스럽게 지폐를 받고는 청소도구를 챙겨 아래층으로 내려갔다.

'그에게 돈으로 보상한 게 실례는 아니었을까….'

안도감도 잠시, 왠지 모르게 마음이 복잡해져서 주방 식탁에 앉아 물을 한잔 마셨다. 한숨을 내쉬며 의자에 앉아 잠시 멍하니 있다가 불현듯 고양이처럼 가볍게 창문을 넘어 들어가던 그의 모습이 떠올랐다. 튕겨지듯 일어나 딸아이 방으로 달려갔다. 그러고는 복도로 나 있는 방의 창문을 이중으로 단단히 잠갔다. 지금 하고 있는 행동이 어쩐지 부끄러워 홀로 겸연쩍어하면서….

햇살이 밝아서 괜찮았어

햇살에 손이 있다면 이 순간 등 뒤에서 나를 안아주고 있을 것 같다. 아침 9시부터 11시 사이. 두 평 남짓한 발코니에서 나는 세상 가장 따스한 품에 안겨 있다. 우리 집은 창들이 큰 편이라 낮에 어둡지는 않지만 직접 햇살이 집 안으로 들어오지는 않는다. 집에서 유일하게 쏟아져 들어오는 햇살을 온몸으로 맞을 수 있는 곳이 아침 시간의 베란다뿐이다.

맑은 날이면 책 한 권, 헤드폰과 커피를 들고 베란다로 나간다. 요즘은 피부에 닿는 볕의 온기, 공기에 실린 냄새의 변화로 계절이 오는 것을 느낀다. 훈훈해진 바람을 타고 은은한 재스민 향기가 실려 오기도 하고 근처 카페의 달콤한 빵 냄새가 풍겨 오기도 한다. 햇살의 품에 안겨 책을 읽다 보면 하얀 종이 위로 드리워진 내 둥그스름한 그림자가 눈에 들어오곤 하는데 자세히 보면 그림자 머리 위로 아지랑이가 피어오르고 있다. 아롱거리는 그림자의 실체를 잡아볼 요량으로 손을 들어 머리에 얹는다. 잡히지 않지만 손바닥을 타고 느껴지는 봄, 살아 있어 행복해지는 순간이다.

작년 3월에 딸아이가 학교를 옮기게 되어 급하게 이사를 했다. 아이는 학교에 걸어서 다니고 싶어했고 나도 아침마다 운전을 하지 않는 호사를 누리기 위해 학교에서 5분 거리의 집들을 보러 다녔다. 처음 이 집 문을 열고 들어섰을 때는 마음에 들지 않아 성의 없는 눈길로 슬깃슬깃 둘러보았다. 인근에 도로와 기차역이 있어 시끄러울 것이었고 거실에서 바라본 베란다 창밖으로는 맞은편 아파트 내부가 훤히 보였다. 반듯하지 않은 방 모양도 마음에 걸렸다. 대충 둘러보고 마지막으로 베란다를 열고 나가 본 순간 모든 단점이 스르르 잊혀졌다. 바로 정면은 아파트였지만 고개를 40도만 왼쪽으로 돌려도 탁 트인 풍경이 펼쳐졌다. 이 작은 베란다에서 차로 30분 정도 떨어진 시드니 시내와 1시간도 더 걸리는 도시들까지 한눈에 내다보였다. 멀리 보이는 하버브리지에 엄지손가락을 대어보니 둥근 손톱에 딱 들어맞았다. 높아야 4~5층인 집들 사이사이에 집보다 더 큰 키와 풍채를 자랑하는 나무들이 촘촘히 고개를 들고 있어 고층빌딩이 있는 먼 도시들까지 드넓게 펼쳐진 정원에 가까웠다. 정원과 맞닿은 하늘은 눈이 닿는 지평선까지 탁 트인 바다처럼 뻗어 있었다. 그 자리에서 바로 임대 계약서에 사인을 했다.

엄마랑 요를 깔고 자던 시기를 지나 처음으로 내 방을 갖게 되었을 때 핑크색 톤으로 방을 꾸며 줄 것을 요청했다. 엄마는 침대에 프릴이 달린 분홍 침구세트를 깔고 핑크와 아이보리가 어우러진 책상과 커튼으로 방을 꾸며 주었다. 그날 이후 내 방과 내 책상은 집에 당연히 있어야 했고 있을 줄만 알았다. 그런데 결혼하고 나니 그게 전혀 당연하지 않다는 걸 알게 되었다. 침실은 남편과 공용 공간이었고 건넛방은 딸아이 방, 거실은 가족의 공간이었다. 남편이 출근하고 아이가 등교하고 나면 그제야 홀로 거실을 쓸 수 있었고 식탁을 책상으로 사용할 수 있었다. 저녁 시간이나 주말에는 조용히 책을 읽고 글을 쓸 수 있는 나만의 공간을 기대하기 힘들었다. 화상으로 회의를 하거나 수업을 들을 때 거실에서 누군가 TV를 보고 있으면 이어폰을 끼고 마이크는 무음으로 한 채 채팅창으로 참여하는 수밖에 없었다.

바이러스 대유행으로 가족들이 집에 있는 시간이 길어지자 이마저도 쉽지 않아 베란다에 간이 책상을 마련했다. 이른 아침이나 저녁에 하는 줌 회의는 베란다에서 담요를 뒤집어쓰고 참여한다. 누군가 내 모습을 본다면 궁상맞다고 할 수 있지만 그렇게 바깥 공기를 마시며 앉아있는 기분이 생각보다 낙락(樂樂)하다. 매일 봐도 새로운 얼굴의 붉게 타는 아침노을, 라벤더색 안개가 낀 듯한 호주의 저녁노을, 신비로운 달무리와 하늘에 수놓아진 남반구 별자리들이 질릴 틈 없이 나만의 공간을 꾸며 주고 있다. 달이 지평선 위로 올라올 때는 얼마나 빠른지, 멀리 고층빌딩 사이에 걸려있는 달은 얼마나 붉고 크게 보이는지도 덕분에 알게 되었다.

　베란다 한켠에는 층층 선반을 두고 다육이를 키우는데 식구가 점점 불어난다. 화초들이 내 손에만 들어오면 명이 당겨지는 걸 보고 식물생활은 포기했었다. 그래도 초록에 대한 미련이 남아 이사 기념으로 선인장과 다육이 화분 몇 개를 데려왔다. 아침에 잠깐 드는 볕과 잊을 만하면 주는 물만으로 어정어정 자라나고 자구를 올리는 녀석들이 기특하고 고맙기만 하다. 속이 시끄러운 날이면 선반 앞에 쪼그리고 앉아 올망졸망 꽃을 닮은 녀석들을 물끄러미 바라본다. 등으로 쏟아지는 햇살과 녀석들이 주는 고운 기운에 어느새 마음은 말랑하게 풀어지고 만다. 그럴 때면 반려묘 사피와 몽이도 발치에 앉아 함께 볕을 쬐고 초록이들을 들여다본다. 말을 하지 않아도 속엣말을 모두 풀어낸 듯 개운해지고 위로의 언어를 듣지 않아도 쓰담쓰담을 받은 느낌이 된다.

　아침 해가 높이 올라갈수록 발코니에 볕이 드는 구간은 점점 좁아진다. 베란다 끄트머리 마지막 타일 한 조각에 남은 볕까지 놓치지 않으려면 책을 읽다 말고 수시로 의자를 옮기는 수고를 해야 한다. 오늘따라 마지막 한켠에 드리운 햇살이 더욱 따사롭다. 뜬금없이 <대낮에 한 이별>이라는 노래가 떠올라

얼른 헤드폰의 볼륨을 높인다. 눈을 감자 20대의 나로 돌아간다.

'햇살이 밝아서 햇살이 아주 따뜻해서 눈물이 말랐어. 생각보단 아주 빨리… 햇살이 밝아서 괜찮았어.'

빛의 품에 안긴 동안 무한 반복으로 듣는다. 남은 한 줄기 볕이 사라질 때까지….

알리 할아버지

아침인데 방 안이 어두웠다. 아니나 다를까 창을 열어보니 비가 쏟아진다. 나는 얼른 핸드폰을 꺼내 문자를 보냈다.

'저… 죄송하지만 비가 많이 오는데 오늘 운전연습을 미룰 수 있을까요?'

'비 오는 날엔 운전 안 할 겁니까? 이런 날 운전을 해야 실력도 더 늘어요. 이따가 봅시다.'

스물여덟의 나는 호주에서 운전면허를 따겠다고 도로연수 중이었다. 몸치, 기계치, 방향치… 뭐든 몸으로 하는 것에 적합하지 않은 사람이란 건 자타가 공인할 정도다. 겁이 많아 자전거도 못 타면서 운전대 방향도 반대인 호주에서 운전을 하겠다니 이 도전엔 스스로도 회의적일 수밖에 없었다.

외국에 나오면 누구나 애국자가 된다고 했던가. 해외에 살다 보니 한국의 시스템이 얼마나 편리하고, 한국이 얼마나 살기 좋은 나라인지 느낄 때가 많다. 특히 대중교통만큼은 어느 나라에도 비교할 수 없는 선진국임을 절실하게 알게 된다. 호주도 이제는 형편이 많이 나아졌지만 십여 년 전만 해도 시내를 벗어나면 대중교통을 이용하는 일이 녹록지 않았다. 차로 15분이면 갈 곳도 대중교통으로는 2시간이 걸리는 경우도 허다했다. 학생 때는 학교 앞에 방을 얻어 살면 되었지만 결혼 후 꾸린 신혼집은 시드니 올림픽 파크 근처 신 주택단지로 버스도 거의 다니지 않는 곳이었다. 장이라도 볼라치면 남편이 퇴근하기만을 기다려야 했다. 이제 이곳에 살기로 했으니 운전면허부터 따라는 남편의 성화도 있었고 스스로도 이 넓은 땅에서 뚜벅이로 살아가는 게 불가능하다는 걸 인정할 수밖에 없었다. 몸도 마음대로 안 되는데 들으려 애쓰지 않아도 들리는 내 나라 말로 배워야 운전할 때 덜 긴장할 것 같아 일부러 한국인 개인 강사를 수소문했다.

강사와 약속한 장소에 나가니 'O 운전학원'이라는 사인을 단 학원차가 서 있었다. 검정색 뿔테 안경을 쓴 강사는 30대 중후반쯤으로 보였고 구수한 사투리를 쓰는 남성이었다.

"오늘 S자 연습하기로 했지요? 내가 좋은 코스로 안내할 테니 가봅시다."

내비게이션을 켜고 시드니 동부 지역 바닷가 코스로 접어들었다. 마차가 다니던 길을 도로로 만들었다는 말이 정말인지 도로 폭이 유난히 좁았고 언덕을 끼고 도는 S자 도로가 6차선이었다가 4차선, 2차선으로 정신없이 바뀌었다. 양팔에 힘을 잔뜩 주고 운전대를 꽉 붙들었다. 건드리면 부러질 듯 경직된 나와는 대조적으로 아까부터 조수석에 앉은 운전 강사는 연신 콧노래를 불렀다.

"이~쁜 아가씨랑 드라이브하니 기분 좋~네."

'지금 이 사람 뭐라는 거야?'

불쾌한 기분이 들자 핸들링이 더 불안정해졌다.

"전 아가씨 아니고 결혼했는데요."

"거참, 내 눈에 아가씨면 됐제, 그게 뭐가 중하노. 우측 깜빡이 켜고 차선 한번 바꿔 봅시데이."

깜빡이를 켜고 룸 미러와 사이드 미러를 확인한 뒤 오른쪽 차선으로 들어가려는 순간 빵 하는 긴 경적소리를 내며 까만 차 한 대가 휙 지나갔다.

"휴… 가슴이야. 완전 철렁했어요."

나는 놀란 마음에 한숨을 내쉬며 말했다.

"가슴이 철렁했노. 우짤까, 내가 가슴 잡아 줄까."

한껏 신이 난 목소리로 던지는 운전강사의 말에 나는 말문이 막혔다. 명백한 성희롱이었다. '뭐라고 한마디 해야 하는데… 경찰서로 가야 하나' 그 뒤로는 무슨 정신으로 운전을 했는지 모르겠다.

스무 살 무렵, 한국에서 도로연수를 받을 때도 나이 많은 운전 강사의 성희롱 비슷한 농담들을 참았던 기억이 났다. 그때도 꿀 먹은 벙어리이던 나는 8년이 지나도 변한 게 없는 스스로에게 화가 났다. 혼자서 어쩌지도 못하고 며칠을 끙끙대다 결국 한마디 항의도 못하고 남은 수업을 취소했다. 성격 급한 남편에게 연수를 부탁했다간 면허 따기 전에 싸움부터 날 것 같고 면허는 포기할 수 없었다. 대형 호주 운전학원에 수업 신청을 했다. 큰 회사라 무슨 일이 생겨도 개인 강사보다 항의하기가 좋을 것이란 생각에서였다.

L 운전학원 간판을 단 차량이 보여 운전석 유리창에 노크를 했다. 중동 사람으로 보이는 작은 체구의 은발 할아버지가 차문을 열고 나왔다. 연회색 빛이 도는 카키색 면 바지에 린넨 소재의 베이지 오픈 카라 셔츠를 입은 그는 눈빛에 인자함이 묻어났고 자주 미소를 짓는 사람처럼 살짝 올라간 입매를 가지고 있었다. 그는 자신을 '알리'라고 소개했다. 알리 할아버지는 말수가 적었다. 도로 연수를 하는 내내 낮고 조용한 말투로 필요할 때만 천천히 설명을 해주었다. 그가 내뿜는 온화한 기운은 차 안의 공기마저 편안하게 만드는 듯했다.

알리 할아버지에게 운전을 배우면서 나는 조금씩 운전에 대한 긴장감이 풀렸다. 물론 자전거도 못 타는 겁쟁이가 하루 아침에 능숙한 드라이버가 되지는 않았다. 차선을 변경하려고 살짝만 고개를 돌려 사이드 미러를 봐도 핸들이 따라 움직였다. 그럴 때면 그는 흔들리는 핸들을 부드럽게 잡으며 "괜찮아,

처음엔 다 그래. 정상이야. 잘하고 있어"라고 말해주었다.

　　어느 정도 운전이 안정되고 나서 알리 할아버지가 권하는 대로 도로주행 시험 신청을 했다. 모든 코스를 무사히 지나쳤으나 마지막 순간 언덕 너머로 오는 차를 못 보고 실수하는 바람에 낙방을 하고 말았다. 다음도, 그다음에도 결과는 같았다. 다섯 번째 실패의 쓴 잔을 마신 나는 과연 내가 운전면허를 따긴 할 수 있을지 의문이 들었다. 그냥 포기하고 싶었다. 계속되는 실패로 나는 수십 시간째 알리 할아버지와 도로 위를 달렸다. 함께 수업하는 시간이 길어지면서 조금씩 자신의 이야기를 들려주었고 나도 그의 이야기에 귀를 기울일 여유가 생겼다. 그는 은퇴한 동시통역사라고 했다. 대학원에서 번역을 공부하며 통역도 조금 배운 적이 있기에 그가 들려주는 국제회의 경험담을 듣는 것은 운전시간의 또다른 즐거움이었다. 통역 시연 수업을 할 때마다 머릿속이 하얘지던 경험을 이야기하며 그에게 존경을 표했다.

　　"저는 떨려서 통역사의 꿈을 포기했어요."

　　"그건 네가 자신을 믿지 못하기 때문이야." 할아버지가 말했다.

　　"제 실력이 부족하기 때문이겠죠." 내가 말했다.

　　"넌 지금도 영어를 잘해, 그런데 왜 자꾸 못 한다고 말하지?"

　　"못 하니까요."

"운전도 마찬가지야. 넌 충분히 잘해. 스스로를 믿지 못하는 게 문제야. 자신을 믿어봐. 분명히 시험에 패스하고도 남을 테니까. 내 눈은 틀림없어. 넌 이미 운전을 잘해."

알리 할아버지의 그 말이 이상하게 머리와 가슴에 남아 끊임없이 메아리쳤다. 나는 여섯 번째 시험에 응시했다. 시험관과 차에 올라 시동을 켜기 전 팔에 힘을 풀고 '나는 운전을 아주 잘해' 속으로 여러 번 되뇌었다. 마음이 조금 편해진 나는 옆에 시험관이 아니라 알리 할아버지가 탔다고 상상하며 천천히 출발했다. 핸들을 잡은 내 손을 믿고, 룸 미러와 사이드 미러를 보는 내 눈을 믿었다. 이번에는 허둥대지 않고 운전에 집중할 수 있었다. 어느새 코스를 완주하고 침착하게 시험장으로 돌아왔다.

채점을 마친 시험관이 오피스 안으로 들어가고 밖에서 알리 할아버지와 함께 결과를 기다렸다. 잠시 후 들은 결과는 합격이었다. 나는 너무 신이 나서 제자리에서 폴짝폴짝 뛰었다. 그는 손녀딸의 합격을 축하하듯 할아버지 미소를 보이며 엄지손가락을 들어올렸다. 그가 트렁크에서 리본이 달린 작은 상자 하나를 꺼내왔다.

"첫 시험 때 합격할 거라고 믿어서 준비했는데 이제야 주네. 축하해. 겁내지 말고 즐기면서 운전해."

면허증을 받아 들고 알리 할아버지와 마지막 작별 인사를 했다. 집에 와서 풀어본 작은 상자에는 향수병 하나와 짧은 메시지가 들어있었다.

"네 자신을 믿어, 그럼 언제든 행운이 함께할 거야."

그로부터 13년이 흘렀다. 여전히 몸치, 길치, 방향치인 나는 익숙한 길을 갈 때를 제외하고는 운전대를 잡기가 망설여진다. 직접 운전해서 새로운 곳에 가야 하는 날이면 출발하기 전 잠시 알리 할아버지가 해준 말을 떠올려본다. '나는 운전을 잘해, 나를 믿자' 그러면 슬그머니 자신감이 살아나 도로 위의 여행을 즐길 수 있는 여유가 생기곤 한다.

chapter 02

Australia

삶은 조금씩
깊어져 가고

박은지

내 아이를 돕는다는 것

나는 호주의 한 초등학교에서 일한다. 공립 학교 안에 '서 포팅 유닛' 일명 '도움반'이 있는데, 그 반에는 조금씩 다른 진 단을 받은 아이들이 담임 선생님, 보조 선생님과 함께 수업을 받는다. 나는 그 반의 보조 선생님이다.

학교에서 일을 시작한 건 도움을 필요로 하는 내 아이 때 문이었다. 아이는 호주라는 낯선 땅에서 제한한 법적 연령을 지나고서야 학교에 들어갔다. 덕분에 교육청에서 나온 깐깐한 직원을 만나 인터뷰라는 이름 아래 취조받듯 온갖 아이의 개인 사를 펼쳐놓고 나서야 6살 생일을 넘겨도 학교에 입학할 수 있 다는 증명서 한 장을 손에 쥘 수 있었다.

입학 후에도 학교 시스템이나 돌아가는 사정을 몰라 답답 한 일들이 생겨나기 일쑤였다. 아이를 위해 무언가라도 해야 할 것 같은 절박한 마음으로 시작한 게 이런저런 학교 자원봉사였고, 지인의 귀띔으로 전문적인 공부를 할 수 있다는 것도 알게 됐다. TAFE라는 곳은 실습과 이론을 병행하는 수업을 듣고 과정을 수료하면 직업을 가질 수 있는, 전문실습학교 같은 곳이다.

막상 시작은 했지만 매주 쏟아지는 과제와 최소 100시간 이상 실습을 해야 한다는 걸 알고부터 수업시간마다 '다음 주엔 그만두겠다'는 소리가 먼저 나왔다. 학교에 대해 이해하고 싶다고 막연히 생각한 내게 너무 큰 부담으로 다가오기 시작했다. 게다가 수업을 들어야 하는 곳이 집에서 1시간가량 떨어져 있었다. 실습할 학교를 집 근처로 찾느라 20여 군데의 학교를 돌아다니며 준비한 소개서를 남기고 실습을 요청하는 것도 참 힘든 과정이었다.

다행히 연락이 온 두 군데의 학교 중 한 곳에서 실습을 시작할 수 있었다. 처음에는 나이가 지긋하신 선생님을 멘토 삼아 그림자처럼 쫓아다녔다. '학교가 이런 곳이구나' 하며 자원봉사 때와 달리 많은 것을 살펴볼 수 있었고 수업을 따라 들어가 아이들과 만나는 기회도 가지게 됐다.

제일 처음 만났던 1학년 교실에서 만난 한 6살 남자아이는 몇 마디의 단어로 모든 걸 표현하는 듯했다. 순간 내 아이가 떠올라 무엇이든 도와주고 싶었다. 같이 있던 선생님은 도와주는 것보다 무엇을 원하는지 자꾸 묻고 짧은 단어라도 답을 하도록

유도하라고 했다. '내 아이도 이런 학교 생활을 하겠지' 생각하니 수업 내내 그 아이 곁을 떠날 수가 없었다.

그렇게 학교 실습을 이어가던 어느 날, '저학년 도움반 여자아이를 보통반으로 데리고 가 수업을 돕도록 하는 일'이 주어졌다. 아이와 함께 교실에 들어섰는데 새로운 환경이 그저 신기했는지 이것저것 만지기 시작했다. 수업 중에 있던 선생님은 아이의 이름을 부르며 주위를 환기시키려 했고, 나는 배운 대로 아이에게 말을 시키며 그 교실에 좀 더 머무르게 하려고 애썼다.

돌연 아이가 소리를 내지르며 교실 밖으로 뛰어나갔고 나도 그 뒤를 허겁지겁 뒤쫓았다. 계단을 내달리던 아이를 간신히 붙잡았는데, 내 손을 꽉 붙잡은 아이는 계속 소리를 질렀다. 아이를 어르고 달래 진정시킨 후 교실로 들어섰을 때 선생님이 내게 손은 괜찮냐고 물었다. 누구의 손을 묻는 건지 어리둥절해하는 내게 선생님은 아직 아이의 손을 붙들고 있는 내 손을 가리켰다. 그제야 화끈거리는 느낌에 내 손을 들여다봤다. 깊게 파인 붉은 상처가 손등 위에 얼룩덜룩했다.

100시간이 넘는 실습을 마친 학교에서 함께 일해보지 않겠냐는 제안을 받았을 때 잠시 생각에 잠길 수밖에 없었다.

'내가 과연 이 일을 잘할 수 있을까….'

내 아이의 학교생활을 이해하고 돕겠다는 이기적인 마음으로 시작한 공부였다. 본격적으로 일을 하려 했던 것도 아니고, 실습을 마쳐야 학교 과정이 비로소 끝나기 때문에 어쩔 수 없이 버틴 시간이었다. 잘 알지도, 다 알지도 못하면서 도움이 조금 더 필요한 아이들에게 무언가를 해주겠다는 근거 없는 동정심도 있었다. 그날의 일로 내 손등에는 깊은 상처가 남았다.

양호실에 들러 손등의 상처를 치료 받을 때 옆에 계시던 선생님이 서류 몇 장을 건네줬다. 학교 시스템에 저장되는 '사건보고서' 같은 거였다. 아이들이 학교에서 지내며 생겨나는 모든 사건 사고를 기록하는, 어쩌면 중요한 절차인 셈이다. 내 상처도, 아이가 그날 보인 행동도 종이 몇 장에 담기면 컴퓨터에 옮겨져 영원히 보관될 것이다. 그 기록이 앞으로 아이에게 끼칠 영향이 좋을지, 나쁠지 누구도 알지 못한다.

그날 이후 나는 학교에 남고 싶었다. 아이들을 조금 더 이해하고 도움을 주고 싶다는 생각도 강해졌다. 자신의 입을 통해 하고 싶은 말, 생각하는 것들을 제대로 표현하기 어려운 아이들 곁에 조금 더 있고 싶었다. 사람은 누군가를 믿고 함께하는 데까지 시간이 필요하기 때문이다.

해가 바뀌고 이 학교에서 일한 지 이제 1년이 막 지나고 있다. 이제야 아이들이 나를 필요로 하는 것이 아니라, 아이들을 통해 내가 매일매일 많은 걸 배우고 있음을 천천히 알아가고 있는 중이다. 저학년 도움반에 들어가면 매번 아이는 반갑게 다가와 똑같은 인사를 한다. 자신이 상처낸 손을 들여다보고 아프냐고 묻는다. 나는 아니라고 대답해 준다. 아이는 아무 일도 없었다는 듯 맑은 눈동자를 빛내며 밝은 웃음을 지어준다. 그 웃음은 내가 하는 일에 많은 의미를 부여해준다. 나는 그 아이를, 그리고 내 아이를 이해하는 방법을 여전히 배워가고 있는 중이다.

그녀의 안부

"잘 지내고 있었어?"

카톡에 메시지를 남겨놓고 가만히 기다려 본다. '그녀가 맞을까?' 8년인가, 9년인가. 기억도 정확히 나지 않지만 친구였던 그녀의 연락처를 잃어버리고 안타까워했던 게 얼마 전까지다. 오늘 아침 무슨 바람이 불었는지 상자 안에 담아 넣고 정리하기를 미뤄두었던 몇 가지 물건들을 내다 버리기로 결심했다. 그래도 미련이 남아 상자 안을 뒤져보다 이제는 쓸 일이 없어져 버린 인터넷 전화기에 눈길이 갔다. 아직도 외관은 멀쩡하지만 누가 요즘 이런 전화기를 사용할까 싶은 골동품이 되고 말았다.

혹시나 하는 마음으로 전원 버튼을 누르자마자 전화기는 기다렸다는 듯 경쾌한 시작음을 알렸다. 전화기 속에 저장된

번호를 뒤적이다가 낯익은 이름을 발견하고는 서둘러 그 번호를 스마트폰에 옮겼다. 잊고 지내던 이름을 발견하고 번호를 저장하자마자 낯선 이의 얼굴이 화면 위로 떠오른다. 아들이라고 하기엔 나이가 너무 들어 보이고, 내가 아는 그녀는 남편의 얼굴을 전면으로 내세우진 않을 성격이라, 기대하던 사람은 아닌 것 같았다.

다시 한번 이름과 성을 한꺼번에 집어넣고 전화번호를 입력해본다. 이번에는 웬 초록색 식물이 담긴 사진이 떠오른다. 아무 단서도 찾을 수 없는 사진을 잠시 노려보다 프로필을 클릭하니 생일이 나온다. 그녀가 맞는 것 같은 예감이다. 따뜻한 봄이 생일인 나보다 한 달 빠르던 그녀의 생일을 얘기하며 누가 언니니 동생이니 하며 함께 웃었던 기억이 있다.

아직도 답이 없다. 그녀가 아닌 걸까.

"누구세요?" 조심스레 묻는 태도가 글에 담겨 있다.

"혹시 이수나 씨 카톡 아닌가요?"

답이 없다. 바로 아니라고 하지 않는 걸 보니 그녀와 연관 있는 사람이 분명한데 망설이는 듯하다.

"맞기는 한데, 누구신지 여쭤봐도 될까요?"

이번엔 내가 망설인다.

"친구인데 한동안 연락처를 잃어버렸다가 오늘에서야 예전 번호를 찾아서 혹시나 하고 연락 드렸어요."

내 딴에는 공손하게 답한다고 쓴 건데 어떻게 들으면 요즘

흔하디흔하다는 보이스 피싱 멘트 같기도 하다. 카톡 속 그녀가 잠시 뜸을 들이다 답한다.

"딸인데요. 엄마 핸드폰을 제가 잠시 가지고 있어요."

친구의 딸아이가 나를 기억이나 할까 싶었다. 존댓말을 써야 할지, 갑자기 친근한 척을 해야 할지 망설이다 얼굴도 모르는 낯선 이가 엄마 친구라며 반말부터 하는 꼰대 취급 받기가 싫어서 이렇게 물었다.

"시드니에 사는데 몇 년간 연락을 못 했어요. 엄마 잘 지내시죠?"

또 잠시, 띄어쓰기 같은 침묵이 흐른다.

"혹시 은지 아줌마?"

반가움을 동반한 따뜻함이 훅하고 올라온다.

"네, 아니, 그래. 나 은지 아줌마야, 기억나니?"

나는 한두 번밖에 본 적 없는 그녀의 딸아이를 정확하게 기억도 못하는데, 내 이름을 기억해주는 게 그저 반가워서 꼰대고 어쩌고 한 생각은 다 잊고 친근한 척 반말을 한다.

"네… 아줌마, 엄마가 아줌마 얘기 정말 많이 하셨는데, 2011년인가 저랑 같이 엄마랑 아웃백에서 식사하셨던 거 기억하세요?"

그랬던 적이 있다. 2년이 멀다 하고 한국에 꼬박꼬박 나가던 때, 제법 어른이 되어 만난 대학 동기들과 다르게 초등학교, 중학교, 고등학교 어릴 적 친하게 지내던 친구들과 여전히 연락하며 한국에는 마치 그녀들을 만나러 오는 것처럼 시간을 보내던 그런 시간들이 있었다.

"그래, 기억난다. 맞아, 네가 초등학교 2학년이었나, 3학년 때였던 거 같은데… 아줌마가 미안한데 이름을 기억 못 하네."

카톡 속의 그녀는 내가 다른 질문을 하기도 전에 글을 남긴다.

"아줌마 연락하신 거 알면 엄마가 좋아하실 텐데…."

애매모호한 문장이다. 카톡 속의 그녀가 내 친구와 거주를 같이 하지 않는 건지, 엄마의 전화기를 그녀가 갖고 있는 이유가 따로 있는 건지 갑자기 오만가지 생각이 들면서 지금껏 연락할 방법을 미룬 걸 후회했다. 차마 더 이상 무엇인가 물으면 안 될 것 같은 생각이 들어 급하게 마무리를 지었다.

"아줌마가 그동안 연락 못 해서 미안하다고 혹시 엄마가 연락하실 수 있으면 아줌마한테 카톡으로 연락 달라고 전해주면 좋겠다."

다음 전해질 답글이 불현듯 두려워지면서 알고 싶지 않다는 생각뿐이었다.

"아줌마가 갑자기 급한 일이 생겨서 지금 카톡을 길게 못 할 것 같아. 엄마한테 꼭 전해줘."

무슨 짓인지 모르겠다. 갑자기 10년 만에 친구의 안부를 묻는답시고 연락을 하곤, 확실하게 이해를 못 한 단 한 줄의 문장에 서둘러 꽁무니를 빼고 도망가는 꼴이란. 카톡이니 상대방

이 언제든 원할 때 다시 얘기를 시작할 수 있고, 내가 그런 것처럼 카톡 속의 그녀도 자기가 하고 싶은 말만 남길 수 있는데….

전화기 화면 버튼을 재빨리 끄고 손이 쉽게 닿지 않는 거리에 모른 척 놔둔다. 노란색 불이 깜빡인다. 다음 장면이 무서워 음소거를 한 채 눈을 가리고 보던 공포영화처럼 멀찍이 떨어뜨려 놓은 전화기를 쳐다보지 못한다. 그녀의 안부는 여전히 궁금하다, 그러나 당장은 나도 그러려니 하고 지내니 그녀도 잘 지내고 있으려니 한다. 20대에 떠나온 타국 생활은 목이 멘 것처럼 빡빡하고, 바빠도 그렇지 않은 척 지내 왔지만 10년이 지나고 20년이 지나면 무소식이 희소식이 된다. 지금 그녀의 무소식이 희소식이길 바랄 뿐이다.

발가락이 닮았네

"닮았네, 이거."

간만에 세 식구가 바닷가에 나가 시간을 보내고 있었다. 맨발이던 아이를 보며 나 혼자 조용히 중얼거렸다.

제법 오래 알고 지내는 엄마들과의 자리에서 이런저런 얘기로 수다꽃을 피우다가 각자의 아이가 누구를 닮았는가 하는 주제로 이어졌다. 아이가 누구를 닮겠는가. 엄마 아니면 아빠겠지. 별로 심각한 얘기도 아니지만 늘 심각한 주제로 빠져들고 마는 나다.

"언니, 좋겠어요. 아들이 잘생겨서."

누군가 툭 던지듯 한 말에 기분 좋은 웃음이 삐죽 새어나온다. 나도 못 말리는 팔불출이지, 자기 자식 인물 훤하다는 말에 기다렸다는 듯 대답한다.

"아들이 잘생겨서 내가 좋을 게 뭔지 얘기를 해줘 봐."

"엄마보다는 아빠를 많이 닮았죠?"

이건 또 무슨 소린가. 기껏 인물 좋다 해놓고 내 배 아파 낳은 자식을 아빠 닮았다고 하는 건. 직접 만난 적도 없는 애 아빠를 소환해 아이 엄마인 나를 의문의 패자로 만드는 말에 금방 머쓱해져서 변명 같은 이야기를 늘어놓는다.

"시댁에선 엄마 닮았다고 하는데 친정 가면 아빠 닮았다고 하고, 너무 정치적인 발언인가?"

정말 그랬다. 영상통화로 아이를 지켜보던 친정 식구들은 '아빠 닮았다'는 말을 감탄사처럼 했다. 게다가 '아빠 닮아 눈이 예쁘네' 혹은 '아빠의 웃음을 쏙 빼닮았다' 아니면 '언니 얼굴은 별로 없네'가 뒤따라오곤 했다. 내 얼굴이 아이 얼굴 속에 없다는 말과 아빠 닮아 인물 좋다는 말이 한 문장에 섞이면 결국 또 의문의 1패다. 또 시댁에선 완전 반대의 반응이다. 시댁 식구들은 외모에 대한 형용을 잘 하지 않는다. 엄마를 주로 닮고 아빠의 모습이 적어 서운한 걸까? 잘 모르겠다. 그런데 정작 당사자인 나와 남편은 서로에게 질문한 적이 없다. 결국 우리 둘의 모습은 싫든 좋든 아이에게 녹아 있기 마련이다. 어디 외모뿐이겠는가. 서로에게 지적하고 쉽게 넘어가지 않는 성격, 대답하기 곤란한 질문은 이해 못 한 척 답하지 않거나 자기가 강조하고 싶은 것은 반드시 몇 번씩 되감기하는 것까지.

아이는 조용히 닮아간다. 같은 동화책을 백 번도 넘게 읽은 것 같은데 또 책장 안에서 꺼내온다. 30분이 넘게 입에 물고 있는 음식을 씹어 삼키라는 소리는 들은 건지 만 건지 입 속에 담은 채 서서히 녹여내고 있다. 아이는 분명 골고루 우리 둘의 모습을 담아가고 있는 중이다. '아빠가 좋아? 엄마가 좋아?'라는 질문의 맥락과 똑같은 '누굴 닮았냐'는 질문에 골고루, 두루뭉술 답하고 싶지 않다는 심술이 생겼다. 반드시 나의 유전자를 그대로 빼다박은 한 가지를 찾아내고야 말겠다. 밑도 끝도 없는 의지를 불태우며 머리끝에서 발끝까지 샅샅이 아이를 훑어 내려가 본다. 반짝이는 바닷물 속에서 발견한 매끈한 아이의 작은 발을 바라본다.

'발가락이 닮았네. 그것마저 지 아빠랑 똑같이….'

한바탕 그런 비슷한 얘기들로 웃는 듯 마는 듯 하고 나서 아이 얼굴을 가만 쳐다본다. 딱 집어낼 순 없다. 아이의 얼굴 한 구석 어딘가 분명 내 모습도, 남편의 모습도 한자리 차지하고 있다. 다만 고르게 닮은 아이 얼굴 속에 특정한 나의 모습이나 아빠의 모습이 아직은 뚜렷하지 않을 뿐이다. 부모 중 누구 하나를 더 많이 닮았다는 것, 그저 외양으로만 결정된다면 아직 정답은 나오지 않은 것 같다. 시간이 더 많이 지나, 아이가 지금보다 더 많은 것들을 말하며 이해할 수 있을 때 스스로는 어떻게 생각하는지 물어볼 수도 있겠지. 그날이 언제가 될지 아직은 생각하지 않으련다. 아이가 건강하기만 바랄 뿐이다. 시드니 푸른 바닷가를 신나게 내달리는 아이를 조용히 눈에 담는다.

우리 집 요리사

　서둘러 아파트 엘리베이터에서 내리니 복도에서 맛있는 냄새가 난다. 어느 집에서 맛있는 음식을 만들고 있나 보다 하고 집 문을 열고 들어서니 마주 보이는 부엌에서 남편이 서성이고 있다. 나무 도마 위에 양파며 토마토, 각종 야채들을 잔뜩 늘어놓은 게 보인다.

　남편의 음식 솜씨가 일취월장하게 된 데에는 내가 큰 공을 세웠다. 음식 하는 데 취미가 없는 건지, 음식을 준비하는 데 드는 수고가 힘들어서인지 부엌에 들어가는 걸 그 무엇보다 힘들어하는 나다. 음식 솜씨가 좋은 친가, 외가, 엄마의 그 어떤 것도 닮지 않은 나는 그냥 음식 하는 게 싫다. 10살 넘은 아이의 몸무게가 아직도 26킬로그램인 이유도 내 탓인 것만 같다. 남편을 처음 만났을 때만 해도 이 정도까지는 아니었던 것 같은

데 나도 그 이유를 알 수가 없다.

남편과 나는 영어 학교 친구들과 어울린 피크닉에서 처음 만났다. 잘 모르는 사람들과 어울리는 자리에 내가 준비해간 건 먹기 좋게 자른 과일과 샐러드였다. 남편은 그 당시 내가 참 괜찮아 보였다고 한다. 함께 온 다른 친구들은 각자 자기 먹을 샌드위치, 스낵 한 봉지를 가져온 것이 전부인데 나는 제법 넉넉한 용기에 과일이며 샐러드까지 담아와 배려심이 넘치는 사람처럼 보였다는 게 그 이유였다. 괜찮은 사람으로 보이려 연출된 줄도 모르고, 남편은 그 자리에서 나를 자신의 아내감으로 점찍었단다.

남편은 3명의 누나와 1명의 여동생 모두 자신의 일을 하면서 음식 만드는 데도 진심인 가정에서 자랐다. 남편이 내게 기대했던 건 자신이 퇴근해 집에 돌아오면 맛있는 저녁식사 후, 달달한 케이크가 후식으로 준비되는 그런 식탁이었다. 베이킹을 집에서 한다는 것 자체가 내 능력 밖의 일인데 말이다.

결혼하고 처음 맞은 남편의 생일에 나는 나름대로 고민하다가 슈퍼에 가면 즐비하게 늘어서 있는 케이크 믹스 한 상자를 구입했다. 남편이 좋아하는 초콜릿 케이크로. 세상 간단해 보이는 네다섯 줄의 설명글을 박스에서 읽곤 자신감이 넘쳤다. 만들어 놓고 보니 가운데가 푹 꺼진 케이크도 뭣도 아닌 브라운 색의 뭔가가 만들어졌다. 다크 초콜릿을 중탕해 아이싱하고 비싸서 집어들 때 손이 떨리던 라즈베리로 장식까지 하니 내 눈엔 제법 그럴싸해 보였다. 퇴근하고 집에 돌아온 남편에게 내가 손수 케이크를 만들었노라 자랑을 했다. 기대에 찬 남편은 케이크를 한 스푼 떠먹더니 무표정을 지었다.

"왜? 맛이 이상해?"

"아니, 맛있어."

"근데 왜 더 안 먹어?"

"조금 이따가 먹으려고."

내가 너무 큰 기대를 한 건지 덤덤한 남편의 반응에 화가 나기 시작했다. 이렇게 직접 수고스럽게 만든 케이크를 저렇게 무심한 얼굴로 대하다니. 인정머리도 센스도 없는 반응에 점점 더 울화가 치밀었다. 급기야 나는 좁은 집 안 이 구석, 저 구석을 쫓아다니며 케이크가 마음에 안 드는 이유를 따져 물었다. 마지못해 남편은 한 마디 툭 던졌다.

"케이크 레시피를 어디서 보고 따라 한 거야? 혹시 케이크 믹스 사다 만든 거야?"

당연하지 않은가. 자신은 홈메이드 케이크만 먹어서인지 케이크 믹스 특유의 향이 거슬린다고 했다. 케이크를 얼마나 많이 먹으면 홈메이드와 케이크 믹스의 차이를 알 수 있단 말인가. 그냥 입맛에 안 맞다거나 생각보다 맛이 없었다고 했으면 그냥 그럴 수 있겠다 할 텐데 케이크 믹스 때문이라니…. 그 뒤로 나는 집에서 절대 베이킹을 하지 않았다.

남편은 맛있는 음식을 좋아하고 맛집을 찾아다니길 좋아

했다. 내가 스스로 베이킹을 포기하자 남편은 시드니 곳곳에 있는 페이스트리 숍과 디저트 카페들을 알아내 데리고 다녔다. 쌉싸름하고 묵직한 진한 커피와 함께 쨍하게 달달한 디저트는 주중의 노동에서 오는 피곤함을 기꺼이 씻어주었다. 그렇게 음식을 하기 싫어해도, 못 해도, 둘이 지내는 동안은 별문제가 없었다.

아이가 태어난 후 때가 되면 먹어야 할 이유식도, 유동식 시기도 없었다. 분유와 보조제를 먹이기 위해 위에 집어넣은 풍선과 기계로 연결해 영양분을 제공받는, 전혀 자연스럽지 못한 일상을 보냈다. 입으로 들어간 음식을 즐길 줄도, 허기를 느낄 줄도 모르는 아이 앞에서 우리 입으로 음식을 집어넣는 게 마음이 불편했다. 서로 얘기한 적은 없지만 암묵적으로 남편과 나는 그저 허기를 달래기 위해 먹었다. 시간을 내 장을 보고, 재료를 다듬어 정성스러운 요리를 하는 것 자체를 생각할 수 없었다.

아이가 6살이 다 되어 갈 무렵 요거트 정도의 묽은 텍스처는 입으로 넘길 수 있었고, 몸무게는 여전히 성장 차트 밖이었지만, 전체적인 성장은 하고 있으니 위에 연결한 풍선을 제거하자는 결정이 내려졌다. 다시 수술대 위에 누운 아이에게 미안했지만, 이 수술을 마치면 하나 정도는 정상적인 것을 시도해 볼 수 있다는 희망으로 설레었다. 수술이 끝난 후, 아이는 본격적으로 온갖 것들을 씹고 삼켜야 했다. 묽은 요거트는 그저 실험용이었고, 이유식처럼 묽지만 영양가와 칼로리가 높은 음식을 섭취하기 위한 연습을 해야 했다. 그때 내 음식 솜씨의 밑천은 바닥났다. 영양사와 언어치료사를 한 달에 한 번씩 만나 무엇을 먹이고 있는지 점검받았다. 영양사는 때때로 이런저런 메뉴를 제안하기도 했다. 야채, 과일, 육류, 생선 등 알고 있는 온갖 음식들을 이렇게 저렇게 조합해봐도 아이가 입으로 집어넣어 삼키는 것은 몇 숟갈 정도였다. 분유와 보조제를 병행할 수 없는 상태에서 아이의 전체 성장 차트에 빨간 불이 켜졌다. 매끼 몇 숟갈로 한 끼를 대신하는 아이는 몸무게는 고사하고 키도 더 이상 자라지 않는다며, 수술을 이끌었던 의사가 이렇게 되면 다시 풍선을 위 속에 집어넣어야 할지도 모른다고 걱정했다. 남편은 영양사를 만날 때마다 집에서 내가 직접 해먹이는 음식에 대해 의견을 보탰다. 영양사는 만들기가 힘들면 완제품도 괜찮으니 사먹이라고 했다. 나는 그렇게 뻔뻔해질 수는 없다고 생각했다. 적어도 아이 엄마로서 최선을 한다는 걸 증명하고 싶었는지도 모르겠다.

음식에 대한 아이디어도 없고, 마음 한구석에 남은 의무감으로 하는 아이 음식 만들기는 서서히 나를 지치게 했다. 호박과 야채 몇 가지를 냉장고 속에서 꺼내 찜기에 쪄서 으깨고 난 후 아이에게 떠먹이려 생각하고 있었다. 남편이 부엌으로 들어오더니 자기가 만들겠다고 했다.

'뭘 만들 줄 알고? 계란도 하나 제대로 삶아본 적 없는 사

람이 뭘 만들겠다는 거야?'

나는 슬그머니 야채들을 키친 벤치에 올려둔 채 자리를 피했다. 남편이 부엌을 차지하자마자 양파와 마늘 볶는 냄새를 시작으로 맛있는 냄새가 제법 풍겼다. 야채를 썰어 같이 볶고 간을 한 다음, 물 약간을 붓고 파르르 끓이기 시작했다. 다 익은 야채는 블랜더로 갈더니 버터와 올리브 오일, 크림까지 넣어서 금세 밝은 연두색의 수프를 그릇에 담아냈다. 아이는 힘들어 보이는 숟가락질로 한 술 뜨더니 자꾸만 입으로 다음 숟가락을 가져갔다. 아이 음식을 직접 만들겠다고 사둔 재료와 남편이 하던 그대로 다음 날 아침 비슷한 음식을 내놓았지만 아이는 억지로 딱 세 숟가락을 먹을 뿐이었다.

신기한 마음 반, 삐죽이 삐져 나오는 시샘 반을 섞어 남편에게 어떻게 만든 거냐고 물었다. 시댁에서는 요리하고 남은 여러 야채들을 이렇게 스프로 만들어 자주 먹었단다. 양파와 마늘을 볶는 건 정확히 모르지만 왠지 더 맛있을 거 같아서 그랬고, 버터와 올리브 오일, 크림을 넣은 건 영양사를 만났을 때 열량을 늘리는 팁을 줬던 걸 기억했다고. 마지막으로 내가 만든 것과 극단적으로 달랐던 건 적당한 소금 간이었다. 나는 그때까지 어디서 읽은 육아서의 기억으로 아이 음식에 간을 거의 하지 않았다. 그날 아이는 작은 그릇에 담긴 야채 스프 한 그릇을 맛있게 비웠다. 남편은 그렇게 요리 독학을 시작했다. 유튜브를 통해 먹고 싶은 거, 먹어보고 싶은 것, 만들어 보고 싶은 것들을 죄다 배우면서 말이다.

덕분에 아이의 몸무게는 의사나 우리가 원하는 만큼은 아니더라도 꾸준히 숫자가 느는 중이다. 남편은 음식 만드는 일이 즐겁고, 결과물이 기대했던 것만큼 맛있으면 행복하단다. 내가 느껴본 적 없는 감정이라 부럽기도 했다. 남편의 즐거움에 부응하기 위해 슬그머니 음식 만드는 주도권을 남편에게 내줬다. 오늘은 남편이 요리하며 부엌 바닥에 흘린 양파 껍질만 지적하기로 한다.

이제 아빠는 없다

새벽 2시에 날카로운 전화벨이 울렸다. 전화벨을 처음 듣는 것도 아닌데 낯설게 느껴졌다. 새벽녘 전화가 내게 무슨 의미인지는 울음 섞인 동생의 목소리로 확인할 수 있었다. 병원에 입원해 계시다가 석 달여 만에 퇴원하셨던 아빠는 구급차에 실려 다시 병원으로 가셨다고 했다. 구급차 안에서 심정지가 와서 응급심폐소생술로 호흡이 돌아왔지만 의식은 없다고 했다. 의사와 얘기하는 중이지만 가망이 없을 것 같다고 덧붙였다. '가망이 없다'는 게 무엇을 의미하는지 정확하게 생각하려 애써보지만 머릿속이 텅 빈 것 같고 온몸이 떨려왔다. 병원에서 기다리고 있는 중이니 다시 전화하겠다는 동생과 통화를 마치고 나는 울었던 것 같다. 무서웠고 무엇을 해야 할지 몰라서 소리 내지 못한 채 울기만 했다. 남편도 무슨 일이냐 묻지 않았고, 물었다 한들 대답할 수도 없었다.

그날 아침, 한 달이 채 남지 않은 여권을 다시 갱신하기 위해 우체국에 들렀다. 이렇게 될 줄도 모르고 여권 만기일을 얼마 남겨두지 않은 채 그저 즐거운 상상만 하던 며칠이었다. 병원에 입원하셨다 퇴원한 아빠가 많이 쇠약해지셨다며 이번 여름에 꼭 집에 한번 왔으면 한다는 동생의 말을 듣고 머릿속으로 많은 것들을 빠르게 생각했었다. 아이의 병원 예약과 테라피 약속들, 2주 남짓한 짧은 방학을 연장하기 위해 학교에 보낼 서류, 혼자 갈 건지, 가족들과 함께 갈 건지 등등….

새벽에 동생과 통화를 마친 지 2시간쯤 시간이 흘렀을까. 전화벨 소리가 무섭게 울려댔다.

"언니, 아빠가…."

동생은 마지막 단어를 미처 꺼내지 못했다. 그날 나는 한숨도 자지 않은 채 서울로 갈 채비를 했다. 아이의 등교 준비를 하고, 직계 가족의 사망으로 여권이 빠르게 나올 수 있는 방법을 알아냈다. 며칠 전 잡아둔 예약을 취소하고, 여권이 당장 나온다는 가정하에 그날로 서울행 비행기를 예약했다. 그 많은 비행기 좌석 중 내가 앉을 한 자리는 분명히 있을 거라 믿음에 가까운 확신으로 전화를 걸었다. 좌석이 확정됐다는 친절한 목소리에 몇 번이나 고맙다는 인사를 저 너머로 던졌는지 모른다. 여권과 비행 예약이 확실해진 후에야 혼자 남은 집 안에서 목놓아 울었다. 후회, 회한, 그리움 그리고 내가 알고 있는 모든 단어들을 다 끌어모아 울음 속에 섞어 넣고 소리 내어 울었다.

아빠가 두 번째로 병원에 입원하셨다고 했을 때도 당장 서울에 가봐야겠다는 생각을 못 했다. 아니, 하지 않았다는 게 더 솔직한 표현이다. 식구들의 정성스러운 돌봄을 받고 계셨고 점차 좋아지시고 있다 들었다. 며칠에 걸러 한 번씩 통화를 했고 목소리는 여전하시다며 나 스스로를 위안했다. 아빠는 이렇게 멀리 떨어져 지내고 있는 딸을 얼마나 그리워하셨을까.

'가족 없이 가족을 일군다'는 말이 있다면 내 얘기일 거라 여기며 지내왔다. 아이 엄마가 되는 특별하고도 지난한 과정을 겪고 있는 내게 가족은 가끔씩 영상통화로 근황을 전하는 것만으로 족했다. 부모님이 호주에 다녀가시기도 했고, 씩씩하게 잘 살고 있는 어엿한 어른의 모습을 보여주고만 싶던 쓸데없는 내 자존심도 한몫했다. 아빠의 맏딸은 엄마 노릇 잘하며 지내고 있다고, 그렇게 믿고 계시길 바랐다.

그러나 내 믿음이나 바람은 늘 '아이'라는 우선순위에서 밀려났다. '방학이 시작되면 갈까, 이곳 겨울 방학은 짧으니 여름이 오면 길게 갈까, 이곳의 여름은 한국의 겨울이니 그때는 괜찮을까.' 내 아이의 온갖 스케줄과 안위에 맞춰 이것저것을 재어보던 나는 결국 아빠와 함께할 마지막 시간을 놓쳐버리고 말았다.

내가 엄마이기 전에 '아빠의 딸'이라는 것을 잊은 척 사는 동안, 아빠는 연로해지셨고 쇠약해지셨다. 이 먼 거리, 낯선 곳

에서 어른이 되지도 못한 채 어디선가 멈춰져 있는 나의 상황
이 여전히 믿기지 않는다.

　　마지막 보내드리는 자리조차 제대로 시간에 맞춰 갈 수 없
는 상황은 망연하고 이제 '나의 아빠'는 내 곁에 없다. 하지만
씩씩해져야 한다. 나의 아빠는 없지만 여전히 나를 필요로 하
는 내 아이를 위해.

나를 위한 칭찬

직원실에 혼자 조용히 앉아 오늘 미팅에 관한 생각을 한다. 이제 2년 남짓 해온 이 일을 내년에도 계속할 수 있을지 모르겠다. 시드니는 지난 석 달간 락다운으로 모든 일상이 비정상적인 상황이었다. 그러나 내 개인적인 생활엔 큰 불만이 없었다. 몸무게가 늘었고, 가족들과 더 많은 시간을 함께 보내 오히려 편안한 마음을 가질 수 있었다. 아이가 학교에 가지 않으니 매일 싸던 도시락 걱정, 과제 걱정에서 벗어난 것도 한몫했다. 그럭저럭 잘 지내온 석 달이 지나 일하고 있는 학교로 돌아오니 모든 일이 조금씩 낯설게 느껴지면서도 어떤 일들은 익숙한 느낌이 동시에 들었다.

내 일터는 도움을 필요로 하는 아이들에게 내가 할 수 있는 것들을 해줄 수 있다는 즐거움이 가장 크다. 호주 선생님들이 대부분인 이 학교에서 일을 하게 된 건 그저 운이 좋아서라고 생각하며 나는 그동안 참 열심히 임했다. 수업 내내 한 자리에 머무르지 않고 바쁘게 움직였다. 조금이라도 도움이 필요한 일들엔 적극적으로 행동했다. 내가 그렇게 할 수 있었던 이유는 일을 대하는 나의 성향도 있지만, 일을 똑바로 못 하는 동양 이민자로 낙인 찍히는 게 싫어서다. 25년 넘게 해온 해외 생활이지만 영어는 늘 목구멍에 걸려 있는 가시 같은 존재로 나를 따끔거리게 한다. 그것이 부드러운 발음이든, 물 흐르듯 써내려가는 영작 문법이든 말이다.

출근하고 첫 미팅의 주제는 펀딩을 받아 학교에 다니던 아이들이 다른 학교로 옮겨 가서 내년 채용 문제에 변동이 생길 거라는 사안이었다. 정규직 선생님은 3명, 나머지 10명 가까이는 캐주얼이나 계약직으로 일하고 있었다. 관리자 입장에서 재정 문제로 일하는 사람들을 조정해야 할 때 쓰는 방법들은 여러 가지가 있겠지만, 학교라는 특수성 때문인지 점잖게 'Expression of interest'라는 서류를 제출하라고 했다. 교장 선생님이 직접 읽어 보고, 사인한 후 채용 결정 관리자에게 전달하겠다는 것이다. 뜻은 잘 이해했으나 정규직 3명을 제외하곤 내년 채용 문제에서 누구도 자유롭지 못했다.

미팅을 끝내고 소지품을 주섬주섬 챙겨 들고 직원실을 나섰다. 저기서 미스 마샬이 학부형과 얘기를 나누고 있는 게 보였다. 옆자리를 지나치며 눈이 마주쳐 작은 목소리로 인사를 건넸더니 등 뒤로 미스 마샬이 "Park!" 하며 내 이름을 불렀다. 나는 영어 이름이 따로 없다. 발음할 때마다 이상한 소리로 변신하는 이름보다 성을 부르고 기억하는 게 정확해 이곳에선 그렇게 부른다. 미스 마샬은 젊은 여자 선생님이고 서포트 유닛에 고학년 담임 선생님을 맡고 있다. 처음 내가 실습을 했을 때부터 늘 꾸준히 돕고 있는 선생님이지만 냉랭한 모습도 있어서 개인적인 얘기를 나눠 본 적은 많지 않다.

울적한 기분이라 무슨 말을 나눈다는 게 부담스러워 못 들은 척하고 집으로 가려 했는데, 미스 마샬이 내 이름을 다시 부르며 발걸음을 옮겨 왔다. 잠깐 시간을 내줄 수 있냐던 미스 마샬은 미팅에서 나온 서류 작성에 자신의 도움이 필요하면 언제든 얘기하라고 했다. 그러고는 내가 안도의 숨을 내쉬기도 전에 뜻밖의 말을 건넸다.

"제가 2년 가까이 당신을 지켜본 결과 학교에서 당신 같은 사람을 잃는다는 건 막중한 손해예요. 서류 작성 잘 해서 내년에도 꼭 아이들과 함께했으면 좋겠어요."

순간 눈물이 핑 돌았다. 미스 마샬이 건넨 도움의 손길은 '짧은 시간이었지만 내가 하고 있는 일을 잘 해내고 있구나' 하는 칭찬과 인정을 받은 것 같았다. 집으로 돌아와 열흘 후에 제출할 영어문서 작성 준비를 했다. 먼지가 소복이 쌓인 영어 문법책을 꺼내 들었다. 끙끙거리며 학교에서 해왔던 일을 A4 용지 한 장으로 간신히 메꿨다. 그러고는 깜빡 잠이 들었다. 꿈속에서도 영작문을 만드느라 끙끙거리다 알람 소리에 깨어났다. 끄적거린 작문을 읽다 보니 잠이 확 달아났다. 평소 같으면 아침 준비나 출근 준비로 충분히 이른 시각이었지만 글을 조금이라도 늘리려고 이리저리 애쓰다 보니 7시를 훌쩍 넘겼다.

마음 한편에선 아프다 하고 출근을 하지 말까 생각했다. 1차로 만든 영작문을 미스 마샬에게 보여줄 생각을 하니 그것도 부담스러웠다. 학교에서도 쉬는 시간을 이용해 어떻게든 짬을 내서 글을 손보려 했지만 좀처럼 시간이 나질 않았다. 남의 속도 모르고 미스 마샬은 중간 수업이 끝나면 본인의 교실로 오라고 했다. 썼다 지웠다를 반복한 영작문을 들고 미스 마샬의 교실에 앉았다. 그녀는 빠르게 글을 읽어 내려갔다.

"시작 글도 좋고, 당신이 하고 싶어 하는 얘기도 잘 담겨 있지만 더 자세하게, 여태껏 당신이 학교에서 해온 일을 채우는 것이 좋을 것 같아요. 당신이 해온 일들을 상세히 담지 않으면 채용하는 입장에선 당신에 대해 알 수가 없거든요."

그녀가 빠르게 말하며 동시에 내 기분을 살핀다.

"당신이 잘한 일을 기록하고 알리는 게 이상하게 느껴질 수 있어요. 그 기분 이해해요. 나도 교감에 지원할 때 같은 서류를 만들면서 그런 기분에 정말 힘들었거든요."

미스 마샬은 한번 훑어보고 나면 감이 올 거라면서 본인이 교감에 지원했을 때 만든 영문 서류를 직접 인쇄해 내게 건네 줬다. 미스 마샬의 도움에 나는 기운을 조금 얻었지만 여전히 직원실에 멍하니 앉아 있었다.

누군가 다가오는 인기척이 느껴졌다. 이번엔 교장 선생님인 미스 루스다. 끝나려면 아직 10여 분 남은 마지막 수업 시간이었다. 뭐 하고 있었냐 물으면 뭐라고 답을 해야 하나 생각하며 앉아 있던 의자에서 천천히 일어났다. 뜬금없이 "Lovely Ms Park"으로 시작하는 그녀의 말에 엉거주춤 일어선 의자에 다시 앉았다.

"미스 마샬이 미팅 얘기를 하더군요. 당신이 아이들을 대하는 것에 관해 많은 얘기를 들었어요. 미스 마샬한테만 들은 얘기가 아니라 킨디에 있는 미스 제시, 러닝 서포트 팀에 미스 샐릭한테도 들었죠. 아이들에게 늘 한결같은 태도로 대하는 당신이 우리 학교에서 일해줘서 정말 감사하단 말을 하고 싶어요."

과찬인 걸 알면서도 좋았다. 짧은 시간이었고, 누가 알아주리라 생각하며 일한 적도 없었다. 보조 선생님 과정을 공부한 것도, 일을 시작하게 된 것도 순전히 내 개인적인 이유에서였다. 어른으로서, 도움이 필요한 아이의 엄마로 지내며 피할 수 없는 것들을 피할 수 있는 방법을 찾고 있었다. 잘했는지 돌아보고 어제보다 조금이라도 나아진 아이를, 스스로를 기대하며 끊임없이 나아가야 한다는 데서 오는 피로도 있었다.

내 나이 20대, 이곳 호주에 왔을 때 이민자로, 엄마로 여기에 머무를 계획은 없었다. 무겁다 생각한 내 문제가 결코 그렇지 않다는 걸 배우게 된 건 이 학교에서 일을 하면서부터다. 시간이 지나면 저절로 어른이 되는 줄 알았다. 그렇지 않다는 것도 여전히 배워가고 있는 중이다. 아이들을 대하는 매 순간 진심을 다했다. 내가 할 수 없는 것 말고, 그 순간 할 수 있는 한 가지만을 생각했다. 나의 아이도 똑같은 보살핌을 받으리라 믿으며.

내년에 어떤 일이 생기든 미스 마샬의 얘기대로 내가 잘한 일들을 긴긴 영작문으로 써야겠다. 내 장점과 강점을 잔뜩 적고, 내가 얼마나 자랑할 게 많은 사람인지를 빼곡히 기록해야겠다.

조금씩 나아가는 중이다

매주 토요일 저녁 8시쯤이면 7명의 여자들이 기다렸다는 듯 줌으로 모여든다. 이들의 공통 관심사는 단 하나. 아이들을 어떻게 하면 잘 키워낼까. 멋모르는 사람들이 들으면 한국 엄마들이 이 먼 호주에서까지 모여 교육열을 불태우나 보다 하겠지만 우리는 도움이 필요한, 비슷하지만 각기 다른 장애를 가진 아이들을 둔 엄마다. 이 모임은 호주에 있는 한국 엄마들이 적극적으로 참여해 만들었고, 벌써 10주 동안이나 이 모임을 통해 각자 아이들에 대한 고민거리, 함께하면 좋을 것들, 여기저기 흩어져 있는 워크숍 정보들을 나눈다.

이 모임의 시작은 8년 전 아이와 본격적인 바깥 나들이를 계획하면서다. 나는 아이가 36개월을 넘기고 바깥에 돌아다녀도 안전하다는 의사의 조언을 듣고 나서야 나들이를 시작했다.

아이는 일찌감치 세상에 나온 '이른둥이'로 그치지 않고 여러 가지 복합적인 병명을 함께 가지고 태어났다. 첫 번째는 식도와 위가 연결되지 않은 채였고, 폐와 연결된 기도에 구멍이 있고, 기도와 식도가 분리되지 않은데다 한쪽 폐가 기능을 제대로 하지 못했다. 27주를 채우지 못하고 태어난 아이는 지나치게 긴 시간 동안 병원에 기거했고, 1년 만에 집으로 와서도 응급실을 제 집 드나들 듯했다. 제대로 먹는 것, 숨 쉬는 것에 '정상'이라는 말을 붙일 수 없어, 많은 시간들을 검사와 수술, 회복과 치료로 보냈다. 사람이 1,060그램의 몸으로 개복 수술을 할 수 있다는 걸 처음 알게 된 것도 내 아이를 통해서다. 다 자라지 못해 연결이 되지 않은 식도는 차치하고, 심장 역류를 막기 위해 클립을 집어넣는 걸 시작으로, 위에 풍선을 넣고 바깥으로 연결된 가느다란 관에 의지해 우유를 흡수했다. 폐 전문의의 조언으로 26개월이 넘을 때까지 되도록이면 외부인과의 접촉을 하지 않았다. 기다리던 26개월은 올 것 같지 않았고, 반복되는 폐렴으로 병원에 입원했다가 퇴원하는 날 작은 백팩을 유모차에 싣고 처음 집 밖 카페에 커피를 마시러 나갔다. 카페 이곳저곳엔 엄마들이 유모차와 함께, 다른 엄마들과 모여 즐거운 듯 이야기꽃을 피우고 있었다. 그렇게 우리 식구가 조금씩 바깥 구경을 하기 시작했을 때 나는 함께 대화를 나눌 누군가가 필요했다. 남편은 아이 일이라면 누구보다 적극적이지만 엄마인 내가 느끼는 감정적인 어떤 것들을 함께 나누는 데에 있어서는 늘 한마음은 아니었다.

컴퓨터로 전문의와 다음 약속을 예약하던 나는 혹시나 하며 한글로 이것저것 찾아봤다. 키워드는 '한국 장애아, 호주 사는 한국 엄마, 호주 사는 한국 장애 아이들' 한글과 영어가 섞인 뭔가가 있었다. 그 뭔가가 주소를 찾게 했고, 전화번호를 찾아 모임의 장소를 알아내게 했다. 첫 모임은 학교 강당처럼 넓은 장소에서 이뤄졌다. 아이들이 실내에서 운동을 하고 있었다. 다양한 연령의 아이들이 모여 공을 주고받거나 크로스컨트리 모형들을 건너다니고 있었다. 아이는 그렇게 많은 사람이 모인 장소에 처음인 아이답게 여기저기를 쫓아다니며 뛰어다니느라 바빴다.

나는 아이 뒤를 분주하게 쫓으며 강당 한가득 모인 한국 엄마, 아빠들에게서 왠지 모를 친밀감을 받았다. 단 한 명도 아는 사람이 없는데 어디선가 그들과 마주쳤고, 얘기를 나눈 것 같은 기분이었다. 나와 비슷한 또래로 보이는 한 엄마가 친절한 미소를 담고 다가왔다. 처음 만난 그 엄마와 나란히 앉아 주최 측에서 마련한 점심식사를 함께하며 계속 이런저런 얘기를 나눴다. 아이가 어떤 진단을 받았는지 묻고, 내가 지난 시간들을 쉴 새 없이 끄집어내는 동안 묵묵히 귀담아 들어줬다. 아이 얘기를 물어봐준 것뿐인데, 얘기를 하면서 울컥하는 감정에 목이 몇 번씩 잠겼다. 처음 본 사람이었지만 한국말로 내 얘기를 그저 잔잔히 하는데 나는 벌써 위로받고 있었던 것 같다. 그날

이후로 정기적으로 한 달에 한 번씩 모인다는 걸 알았다.

내가 살고 있는 곳에서 제법 먼 거리였지만, 열심히 모이는 날짜를 기록해가며 다시 다른 엄마들을 만날 날을 기다렸다. 그 모임을 통해 플레이 그룹도 더 많이 알게 되고, 아이들의 진단에 따른 워크숍도 참여할 수 있었다. 그 수많은 워크숍을 통해 다시 나를 정비하고, 위로받고, 용기를 얻게 됐다. 땅 덩어리 넓은 이곳에서 여기저기 흩어져 살고 있는 가족들은 가까운 지역별로 소모임을 갖기도 하고, 아이들 또래별로 소모임을 만들기도 했다. 나도 운 좋게 2010년을 전후로 태어난 비슷한 또래의 남자아이들 엄마 모임에 같이 하게 됐다. 초대받지 못하는 다른 아이들의 생일파티 대신 우리 7명은 돌아가며 아이들의 생일파티를 열고 서로 초대해 다른 사람들 시선을 신경 쓰지 않고 마음껏 뛰놀았다. 동병상련이었는지 아이들이 갑작스러운 행동을 해도 서로 먼저 달려가 도우려고 했다.

초등학교 입학 전, 모임의 멤버들 전원이 다 함께 관광도시인 골드코스트로 여행을 갔다. 그게 벌써 5년 전의 일이다. 이곳의 짧은 2주 방학 때는 함께 물놀이를 가거나 과일 농장 견학도 했다. 즐거운 추억을 돌아보니 모임에서 만나 함께한 것들이 전부다. 우리가 더 마음이 착착 잘 맞았던 건 아빠들의 도움 없이 엄마들끼리 '으쌰으쌰'가 잘 됐다는 데에 있다. 나도 그랬지만 대부분의 시간을 엄마와 함께 보내다 보니 아이가 어려워하는 것, 문제점들이 눈에 더 잘 띄기 마련이다. 남편에게 얘기를 하면 걱정을 사서 하는 사람 취급을 받기 일쑤였다. 아이가 잘 노는 것 같다가도 걸핏하면 넘어져 무릎이 나간 바지가 늘어났다. 남편에게 얘기하자마자 그 또래 아이들은 다 그런다며 유별난 사람 취급을 받았다. 엄마들이 모였을 때 이 얘기를 꺼내자 발달 지연이 되는 경우 균형감각이 떨어져 그럴 수 있다며 다음에 소아과 전문의를 만나면 꼭 얘기하라고 한 엄마가 조언해줬다. 소아과 의사에게 얘기를 했고, 결국은 물리치료와 작업치료를 꾸준히 받아야 한다는 진단을 받았다.

엄마들의 빛나는 정보와 현명한 조언에 감탄하지 않을 수 없었다. 학교에 들어가선 선생님들과 어떻게 얘기를 나누고 도움을 받을 수 있는지, 아이 학교 생활에는 어떻게 적극적으로 참여하는지 등 경험을 통해 얻은 다양한 의견을 함께 나누고 공유했다. 그 인연이 결국 나를 학교 보조 선생님으로까지 만드는 길로 이어주었다. 준비 안 된 엄마인 채로 아이를 세상에 나오게 하고 전전긍긍하던 나는 이제 조금씩 앞으로 걸어가는 중이다. 서로 돕기 위해 늘 준비 중인 엄마들과 같이.

Australia

chapter 03

아직 오지 않은
날들을 위해

선율

나의 수많은 이름들

같은 꿈을 꾼 지 벌써 3일째다. 공연을 하는데 대사를 잊어버리는 꿈, 등장해야 하는데 의상과 소품을 찾지 못해 허둥대는 꿈이다. 무대를 떠난 지 벌써 오랜 시간이 흘렀는데 아직도 이런 꿈을 꾸다니.

문득 무대공포증인 주제에 그걸 뻔뻔하게 숨기고 공연하던 때가 생각났다. 매번 등장 전 무대 뒤에서 '이대로 도망가면 어떻게 될까?'라고 진지하게 고민하다 결국은 무사히 공연을 끝마치던 그때가 말이다. 그 시절 추억도, 연기에 대한 열정도 한국에 두고 나만 훌쩍 떠나왔다고 생각했는데 여전히 내 안에 숨어있었던 모양이다.

호주에서 필라테스 강사라는 새로운 직업으로 살아가고 있던 6월 어느 날, 한국에 방문했다. 연극 <행복>을 보기 위해 여느 때처럼 내 청춘의 추억이 있는 대학로를 찾았다. <행복>은 친한 친구가 하는 공연이자 나와 함께했던 연출님이 제작과 연출을 맡은 작품이었다. 가벼운 마음으로 관람했던 그날 공연은 나를 호주에서 공연 제작을 하는 사람으로 만들어 주었다. 지금도 그날의 울림과 여운이 남아있다.

'이 공연을 호주에서 한다면 누군가에게 나와 같은 감동을 줄 수 있지 않을까? 단 한 사람이라도?'

녹록지 않은 이민 생활에서 '잠시나마 휴식하고 문화생활을 즐길 수 있는 기회가 되지 않을까?' 하는 마음과 '이 공연, 저 역할, 내가 꼭 해보고 싶다'는 개인적인 욕심이 만났다. 그렇게 한국에서 작품을 가지고 와 덜컥 공연 제작을 시작했다. 모든 것이 준비된 곳에서 배우 역할만 하던 나에게는 말 그대로 '맨땅에 헤딩'이었다. 무슨 용기로 이런 엄청난 사고를 쳤는지 모르겠다. 당연한 얘기지만 배우 캐스팅부터 스텝진 구성, 무대 제작부터 작은 소품 하나까지 준비해야 할 것들이 산더미였다.

"고보 디자인은 이렇게 저렇게… 필요한 조명 기기가 극장에 구비되어 있는지 확인해 보셔야 할 것 같아요. 가능한 한 조명 기기는 $@&*₩@…."

내게 영어 말고 또 다른 외계어가 접수되었다. 연기만 하던 내가 겁없이 공연 제작에 뛰어들다 보니 모르는 것투성이였다. 특히 조명은 생소한 전문용어들과 기술적 부분들을 이해하기 어려웠다. 하지만 도움의 손길들이 하나둘 모이고 파트별

책임자가 정해지며 <행복>팀이 구성됐다. 각자 생업과 가정이 있는 사람들이 귀한 시간을 내어 매주 연습을 하고 미팅을 하며 함께 공연을 만들어갔다. 고작 1시간 반 남짓한 공연을 선보이기 위해 얼마나 많은 사람들의 시간과 노력이 필요한지 새삼 실감되었다. 그러고 보면 세상 모든 일들이 다 그렇다. 보이지 않는 곳에서 묵묵히 맡은 바 최선을 다하는 이들의 노고가 만든 작품이라는 점이.

모두가 한마음 한뜻으로 모여 열심히 공연 준비를 하다 보니 공연 날이 다가오고 있었다. '코로나19' 세상 들어본 적도 없는 전 세계적 팬데믹을 맞이했다. 자연 재해에 버금가는 사태로 모든 공연 준비와 일정들이 전면 중단되었다. 인간의 무기력함에 대해, 한 치 앞도 모르는 인생에 대해 다시금 깨닫게 되는 시간이었다.

해가 바뀌고 심기일전 후 다시 공연 연습에 돌입했다. 부득이한 사정으로 남자 주인공이 바뀌고 새로운 스텝들이 함께하고 다시 전투적으로 임했다. 그사이 나는 피지오 병원(한국 정형외과와 물리치료 중간쯤)에서 재활을 위한 필라테스 강사에서 아주 작은 공간이지만 나만의 스튜디오를 오픈했고 공연 준비와 스튜디오 운영, 티칭, 교민잡지에 책 서평을 기고하며 눈 코 뜰 새 없이 바쁜 날을 보냈다. 전혀 다른 일들을 병행한다는 것은 생각보다 벅찼다.

"와이프(wife)가 없어졌어. 내 와이프 돌려줘. 밥풀이 맘

(mom)도 없어졌어. 플리즈 파인 헐(please find her).”

볼멘 남편의 말을 애써 외면하며 앞만 보고 달렸다.

“엄마는 왜 매일 일이 많아? 그래서 밥풀이는 엄마보다 아빠가 더 좋아.”

아이의 말이 비수가 되어 꽂히고 죄책감이 들어도 포기할 수 없었다. 스튜디오도 공연도 본의 아니게 리더 역할을 맡으며 책임져야 하는 사람들이 늘어갔다. 연극 연습을 하는 시간이 치유의 시간이었고 모든 걸 잊을 수 있는 나만의 시간이었다.

공연이 다가오고 긴장감 속에서 홍보에 박차를 가하려던 시기, 또다시 코로나가 기승을 부렸다. 작년에 이은 두 번째 락다운(lockdown)이 시작되었다. 말 그대로 집 안에 갇혀 아무것도 할 수 없는 상황이었다. 당황스러웠다. 작년에 이어 두 번이나 중단된 공연이라니. ‘공연을 하지 말라는 신의 계시인 걸까?’ 하는 말도 안 되는 생각까지 들었다.

“그동안 본 사람 중에 너만큼 운이 없는 사람은 처음 봐.”

정말 많은 사람들에게 들었던 말이다. 심지어 남편에게도. 하지만 그런 생각으로 주저앉기엔 인생이 너무 짧다. 어차피 벌어진 일, 내 노력으로 해결할 수 없는 일이라면 받아들여야 한다. 그리고 나서 지금 내가 할 수 있는 걸 찾아보기로 했다. 컴맹인 내가 온라인으로 매트 필라테스 수업과 공연연습을 하기 시작했다. 코로나가 아니었다면 상상도 하지 못했을 일들이자 절대 시도하지 않았을 일들이다. 덕분에 또 하나 배워가고 또 한 걸음 내딛었다.

공연을 성황리에 마치는 것도 중요하지만 이 과정들 또한 내 삶에 밑거름이 될 테다. '우리 팀'으로 묶여 함께 견뎌낸 이 시간들 또한 그들의 인내와 노고를 더 기억하고 더 감사할 수 있는 값진 시간이 되었으니까. 그리고 보면 인생 정말 '새옹지마'라는 말이 딱 맞다. 주어진 상황 속에서 다른 면을 볼 수 있는 안목도 키울 수 있는 기회가 되었으니 말이다.

여전히 준비 과정이지만 나는 새로운 도전으로 새로운 나만의 이름 하나를 더 얻었다. '수입 며느리, OO의 와이프, 밥풀이 엄마, 필라테스 강사 그리고 호주에서 한국 공연을 하는 사람.' 넘어진 김에 잠시 쉬었다 가자는 마음으로 더디지만 천천히 또 한 걸음 나아간다.

내 일을 갖는다는 건 축복이다

난감하다. 나는 지금 뒤집어진 거북이처럼 버둥거리고 있는 남편의 모습을 보고 있다. 어째서일까. 한땐 NSW 대표 육상 선수이자 운동 신경 좋기로 유명한 그였는데···. 사건의 전말은 1시간 전으로 거슬러 올라간다.

"와우(wow)! 오늘 된장찌개 베리(very) 딜리셔스(delicious)해!"

"많이 먹어."

영어와 한국어를 오묘하게 섞어 쓰며 저녁상을 칭찬하는 남편과 해맑은 아이를 보며 즐거운 식사를 하고 있었다. 나는 언제부터인지 모를 볼록하게 솟아오르고 있는 그의 배를 보며 넌지시 말했다.

"필라테스를 좀 해보는 게 어때?"

"뭐? 필라테스? 하하하 여자들이나 하는 그런 걸 내가 왜? 난 웨이트 할 거야. 필라테스 쏘 보링해(so boring)."

필라테스가 쉬운 운동이라고 얕잡아보듯 말하는 그가 괘씸하단 생각이 들었다.

"그래? 그럼 한번 해보자! 코어랑 ABS(복근)운동 몇 개만 해봐."

"노노(No No), 그런 거 안 한다니까!"

계속 거절하는 남편을 보자 오기가 생겼다.

"왜? 자신 없어? 그렇게 웨이트를 했는데 코어가 없나 보지? 뭐 못할 것 같으면 하지 말고. 근력 없는 사람들한텐 힘든 운동인 거 나도 알아."

작정하고 그를 교묘하게 자극했다.

"왓(what)? 오 마이…(oh my…)."

"100불! 제대로 하면 내가 100불 줄게! 대신 못 하면 나한테 100불!"

"아 유 씨리얼스(Are you serious)? 빨리 녹음해. 지금! 아니다, 당장 100불 롸잇 나우(Right now)!"

경쟁의식이 강한 그는 소화도 시키기 전 도전장을 내밀었다. 결과는 참패. 간단한 복근 동작도 버거워하며 허우적거리는 그를 보며 나는 깔깔깔 웃었다. 예상대로 그는 속 근육을 써야 하는 필라테스 동작들을 힘들어했다. 내 그럴 줄 알았다. 자존심이 상한 그는 그날부터 지금까지 수강료를 내는 나의 회원이 되었다. 이제는 필라테스 찬양까진 아니어도 주변에 필라테스 효과를 전하는 든든한 조력자가 되었다. 사실 나도 필라테스를 시작한 지 이제 겨우 4년째다. 그 당시 한국에 있는 친구 몇몇은 이미 5년 차 이상 필라테스 강사를 하고 있었지만 크게 관심을 두지도, 해보고 싶다는 생각을 하지도 않았었다. 처음에는 나도 어깨 부상으로 인한 재활치료 목적으로 접하게 되었다. 나의 선택이 아닌 담당의사의 선택으로. 그러다 기대 이상의 효과를 보고 마음이 동했다. 통증이 완화되고 제약이 있던 움직임이 좋아졌다. 그런 과정을 겪으며 '나도 누군가에게 이렇게 도움을 줄 수 있지 않을까?' 하는 마음이 생겼다. '배우'라는 꿈 이외에 처음으로 도전해보고 싶다는 욕심이 들었다.

전투태세에 돌입했다. 서치를 하고 교민잡지들을 뒤적이며 한국어로 교육을 받을 수 있는, 강사 과정을 운영하는 곳을 찾았지만 없었다. 그럴수록 의지가 불타올랐다. 그러다 우연히 예전 한국 기사에서 'OO필라테스 협회 시드니 지점'에서 2년 전쯤 강사 과정이 열렸었다는 정보를 접했다. 당장 전화를 걸어 다짜고짜 말했다.

"안녕하세요. 저 필라테스 강사 과정을 하고 싶습니다. 혹시 귀사에서 강사 과정을 또 진행할 계획이 있으실까요? 꼭 하고 싶습니다!"

"네, 안녕하세요. 마침 저희가 계획 중인데 상담 한번 오시겠어요?"

뜻이 있는 곳에 길이 있다더니 역시 옛말 중 틀린 말이 없구나 싶었다. 그 길로 당장 달려가 상담과 동시에 등록을 마쳤다. 생각보다 어마어마한 금액이었고 당시 아이도 어린 시기라 주변에선 만류했다. 평소 '10센트짜리 귀'를 가진 내가 그때만큼은 확고하게 결심을 밀고 나갔다. 다행히 남편의 적극적인 서포트로 주말을 반납하고 교육을 받을 수 있었다.

사실 처음 교육을 받자마자 후회했다. 영어보다 더 외계어 같은 해부학 용어들이 내 정신줄을 놓게 했다. 필라테스 강사는 운동을 가르치기만 하면 되는 사람인 줄 알았는데 아니었다. 그러기 위해 몸을 알고 몸의 구조와 움직임을 이해해야 한다는 생각까지는 하지 못했다. 울며 불며 용어를 외우고 정육점 고기처럼 생긴 근육들을 죽일 듯 노려보며 공부했다. 그래도 머리에 들어오지 않았다. 처음으로 내 아이큐 결과를 의심했다. 하지만 실기 교육이 시작되고 동작과 접목하며 근육의 움직임을 배우기 시작하니 더디지만 조금씩 정리가 되었다.

그렇게 영원히 오지 않을 것 같던 강사 과정이 끝났다. 인턴십 휴가를 내고 한국에 가서 마지막 워크숍까지 들었다. 지금 돌이켜봐도 그때만큼 열정을 쏟아부은 때가 있었나 싶다. 내 인생 몇 안 되는 후회 없는 값진 시간이었다. 지금도 그때를 생각하면 마음이 뭉클하다. 아직 아이가 어린데 뭘 하려고 하냐며 주변에서 싫은 소리를 했을 때도 포기하지 않던 나의 결단이, 묵묵히 지지하고 응원해주던 남편에, 아무것도 모르는 세상 해맑은 표정으로 교육 받으러 가는 엄마에게 쿨하게 인사해 주던 아이가, 어렵고 벅차서 울면서 하던 해부학 공부들이.

그 도전이 나를 변화시켰고, 그로 인해 많은 사람들의 몸과 마음의 변화를 함께 경험하고 있다. 허리 디스크로 몸의 균형이 무너져 기본 동작도 버거워하던 분이 고난도 동작을 하게 되고, 잘못된 움직임의 반복으로 후천적 척추 측만으로 고생하던 분이 자세가 눈에 띄게 달라지는 모습, 코어가 뭔지 어디 있는 건지도 몰랐던 분들이 코어를 이해하고 컨트롤하는 것, 특별한 부상이 없음에도 통증으로 인해 움직임에 제약이 있던 분들의 움직임이 정상 범위로 돌아오는 과정을 보는 것들이 내겐 벅찬 감동으로 다가온다. 통증이 완화되고 움직임이 좋아지고 자세교정이 되며 기뻐하고 감사해주는 그들이 있기에 내가 있다. 그들을 생각하며 오늘도 더 공부하고 더 연구하고 더 고민한다. 조금이라도 도움이 될 수 있는 강사가 되겠다는 다짐과 함께. 해를 거듭하며 함께하는 소중한 회원들과 그분들에게 도움이 되고자 하는 나의 마음이 만나 나도 그들도 함께 성장한다. 누군가에게 작은 도움이라도 줄 수 있는 일을 할 수 있다는 건 정말 큰 축복이다. 분주하고 버거웠던 그 시절이 지금의 나를 만들었다.

내겐 아직 어려운 영어

해외에서 살 거라고 한 번도 상상해 본 적이 없던 터라 남편만 바라보고 낯선 땅에 홀로 이민을 와서 가장 힘들었던 게 바로 '언어'였다.

하루는 호주 1.5세와 2세인 시누이 내외와 남편이 차 안에서 나누는 대화를 가만히 듣고 있었다. 분명 영어로 하는 대화인데 나에겐 그저 외계어나 암호처럼 들렸다. 원래도 영어를 못 했지만 원어민들의 대화는 정말 하나도 알아들을 수 없는 외계어 그 자체였다. 큰 충격을 받은 나는 이대로는 안 되겠다 싶은 마음에 대중교통으로 오갈 수 있는 '무료 영어 교실'을 찾았다. 1시간 수업을 듣기 위해 버스와 기차를 타고 걸어서 1시간 반 거리에 한 군데를 골랐다.

한국과 달리 대중교통이 발달하지 않은 호주에선 버스 도착 예정 시간도 알 수 없다. 가끔은 와야 하는 시간에 오지 않아 1시간 넘게 기다리는 일도 종종 발생했다. 바깥보다 실내가 더 추운 호주 겨울은 집 안을 나서는 순간부터 몸을 녹일 기회란 없다. 유난히 추위에 약한 나는 1시간 무료 영어 수업을 받기 위해 하루 종일 추위와 싸우곤 했다. 그렇게 나름대로 열심히 영어 공부를 하고 지리를 익히며 혼자만의 긴 싸움을 했다.

어느 날은 오이 무침을 하겠다며 무작정 혼자 마트에 갔다. 당연히 온통 영어로 매장이 도배되어 있었고 아무리 찾아도 내가 보던 오이는 없었다. 물어보고 싶어도 영어 울렁증에 영알못(영어를 알지 못하는 사람)인 나에겐 도전하기 힘든 일이었다. 남편에게 도움 요청을 하고 남편과 함께 다시 장을 보러 갔다.

"이게 오이잖아, 오이! 오이 몰라?"

남편이 짜증을 내며 내게 들이민 오이는 내(우리)가 아는 그 오이가 아니었다. 심지어 모양도 크기도 식감도, 맛도.

"너는 이 오이를 잘 아는구나. 하지만 난 초면이란다."

그로부터 시간이 많이 흐르고 나서 남편이 말했다. 그때 정말 아찔하고 막막했다고. 앞으로 이 여자를 어디서부터 어디까지 가르치고 어떻게 살아야 하나 걱정이 되고 두려웠다고 말이다. 나도 그랬다. '마트에서 장보는 일조차 혼자서는 할 수 없는 나, 이대로 괜찮을까? 괜찮아지는 날이 오긴 올까?' 체한 것처럼 속이 답답하고 눈앞이 캄캄했다.

한번은 그 애증의 오이를 사겠다며 용감하게 혼자 마트로 향했다. 그 오이와는 이미 인사는 마친 터라 손쉽게 찾을 수 있었다. 그러고는 당당하게 계산대로 갔다.

"하이, 하우즈고잉(Hi How is going)?"

"….."

'뭐라는 거지? 어디에서 왔냐고? 아니지, 고잉이니까 어떻게 가냐고? 왜 물어 그걸 지금?'

"음… 음… 버스(Bus)?"

"파든(pardon)?"

"(더 큰 소리로) 아임… 버스… 고잉(I'm bus going)."

"….."

당황한 빛이 역력한 계산원은 애써 미소를 지으며 황급히 계산을 마무리해주었다. 그날 저녁, 퇴근한 남편을 붙들고 물었다.

"왜 오이를 사는데 어떻게 가냐고 물어봐?"

"응? 뭐라고 물어봤는데?"

"음… 하우 뭐 어쩌고 고잉? 그러던데?"

"아, 그거? 그냥 인사한 거 같은데? 하우 아 유(How are you)랑 똑같은 말이야."

"아니야, 하우(How)는 맞는데 무슨 고잉(going)이라고 물었다니까!"

"아, 그냥 인사라고 인사! 답답해 죽겠네, 정말!"

도저히 안 되겠다 싶어서 하루 종일 영어가 흘러나오는 TV를 틀어놓고 죽일 듯이 노려봤다. 분명 많은 이들에게 도움이 되는 방법이라고 들었는데 나에겐 해당되지 않았다. 불행인지 다행인지 교포 남편 덕에 친구들 모임이나 시누이 부부와 만나 영어 대화를 들을 기회가 많았다. 소외감과 자괴감이 들었지만 지금 생각해보면 그런 시간들이 영어 실력 향상에 많은 도움이 되었다. 물론 대화하며 좀 도와줬다면 좀 더 수월하고 빠르게 영어가 늘었겠지만 어차피 인생은 혼자서 헤쳐 나가는 거다.

무료 영어교실에서 배운 새로운 단어들을 소리 내어 읽어보고, 어줍잖게 남편에게 써먹어 보고, (매번 못 알아듣고 놀렸지만) 의도하든 하지 않든 늘상 영어를 접했다. 대중교통을 이용할 때나 물건을 살 때, 심지어 공원에서 낯선 사람들이 친절하게 말을 걸어올 때가 많아서 이 한 문장만큼은 원어민처럼 말할 수 있게 되었다.

"쏘리, 아이 캔트 스피크 잉글리시(Sorry, I can't speak English)!"

그 발음을 들은 외국인들은 대부분 비슷한 반응을 보였다.

"오, 노! 유얼 잉글리시 이즈 베리 굿(Oh, No! your English is very good)."

사실 영어는 여전히 서툴다. 하지만 이제는 문법이 조금 틀리고 서툴지만 문장으로 말할 수 있게 되었고, 물건을 사는 건 혼자서도 잘한다. (주관적인 견해) 여전히 부족하지만 영어로 필라테스 수업도 꾸준히 하고 있다. 다문화에 익숙한 호주라는 나라 특성상 영어가 서툰 사람들에겐 어느 정도 배려를 해주는 것 같다. 개떡같이 말해도 찰떡같이 알아듣는달까? 물론 아주 가끔 안 그런 사람도 있지만.

막막하기만 했던 처음 그때를 떠올리면 생각나는 이야기가 하나 있다. 말년 병장이 갓 입대한 이등병에게 눈을 감으라고 한 뒤 말한다.

"자, 뭐가 보이나?"

"네? 아무것도 안 보이지 말입니다."

"그래. 그게 니 미래다."

내 얘기인 줄 알았다. 호주라는 곳에 도착해 내가 느낀 막막함이 딱 이등병의 심정이 아니었을까 싶다. 그래도 시간은 흐르고 특별한 계기나 드라마틱한 사건이 없이도 사소한 일상들이 쌓이다 보니 적응을 하게 되고, 단어가 들리고, 문맥을 이해하고 더듬더듬 대화도 하게 되었다. 하지만 영어는 여전히 나에겐 큰 산이다. 정상이다 생각하면 또다시 더 큰 정상이 보이고, 그 앞에 또 더 큰 산이 보이고. 사실 생각해보면 세상 모든 일이 그런 것 같다.

한 고비 넘기고 평지를 걷는가 하면 다시 내리막길, 그 내리막길 끝엔 다시 넘어야 할 산봉우리. 내가 할 수 있는 일이라곤 멈추거나 주저앉지 않고 그저 묵묵히 걸어가는 것뿐이다.

나는 아직도 서로를 깊이 알지 못하는 영어라는 녀석과 잘 지
내볼 궁리를 한다. 여전히 더디고 배워가는 과정이지만, 오늘은
어제보다 한 걸음 나아지고 있다 믿으면서.

내가 선택한 가족

만 24살, 파란 하늘, 맑은 공기, 도무지 적응될 것 같지 않은 낯선 땅 호주에서 가을 바람을 타고 이른 겨울 냄새가 나기 시작하던 10월의 어느 저녁, 한 남자를 만났다. '패션 테러리스트'라는 별명이 참 잘 어울리는 한국어가 서툰 남자였다. 처음 만난 날부터 묻지도 않은 본인의 연애사와 연애상담을 쉼없이 늘어놓아서 덕분에 나는 지금도 그의 지난 여자 친구들의 이름을 줄줄이 외우고 있을 정도다. 영어나 배워보자 했던 나의 바람과는 달리 내 영어 실력보다는 그의 한국어 실력이 일취월장했다. 첫 만남부터 자신의 몸 일부처럼 늘 쓰고 다니던 빛바랜 검정 야구 모자가 내 개인 취향을 저격했다. 참고로 그 야구 모자는 지난주에도 내가 세탁해줬다. 이제는 남편이 된 그만큼 오래 알고 지낸 모자이자 내 마음을 흔든 모자라 이젠 베프

(best friend)처럼 느껴진다.

"비가 촐랑촐랑 와요."

"아, 네. 그러네요. 촐랑촐랑. 큭."

"가족들을 보니 네가 밥을 잘 먹는 건 집안 매력인가 봐."

"응? 집안 매력? 내력 말하는 거지?"

한국어가 서툰 그와의 연애는 마치 시트콤 같았다.

"유 아 소 셀피쉬(You are so selfish)!"

"뭐? 셀피쉬? 셀피쉬(selfish)가 무슨 뜻이야?"

"오 마이… 네가 찾아봐!"

"우쒸… 스펠링이 뭐야!"

"하… S, E, L, F….."

싸울 때마저 개그 꽁트 같던 그와의 긴 연애를 끝으로 우린 부부가 되었고 나는 이민자가 되었다. 처음 연애 때부터 그가 호주 1.5세라 결혼을 하면 언젠가는 호주에 살게 될 거라는 막연한 생각은 했다. 사실 그는 한국에 산 지 10년 차가 다 되어갔고(호주를 자주 오갔지만) 결혼을 하더라도 10년 정도는 한국에서 살기로 약속했기에 결혼과 동시에 이민을 올 거라는 생각은 전혀 하지 못했다. 하지만 사람일은 한 치 앞도 모른다고 했던가. 어느 날 느닷없는 아버지의 호출에 그는 호주로 소환되었다. 계획과는 무관하게 들어오라는 아버님의 말씀이 떨어진 지 불과 몇 주 만에.

갑작스러운 일이라 어안이 벙벙했다. 슬플 겨를도 없었다.

나도 한참 공연과 모델 일로 바쁜 시기라 정신없이 시간이 지나가 버렸다. 호주로 돌아간 그는 매일 빨리 호주로 오라며 성화였고 그의 말을 따르기에는 내 일이 너무 중요하고 소중했다. 그렇게 우리는 헤어졌다. 그리고 정확히 1년 후 우리는 다시 만났다. 긴 국제연애로 서로에게 익숙해진 탓인지, 서로의 사랑이 깊어서였는지, 둘 다였는지는 모르지만 우리는 부부가 되기로 했다.

헤어진 1년의 시간 동안 각자 훈련의 시간을 가졌다. 그 시간 동안 나는 그와의 관계를 되돌아보게 되었고, 성공한 커리어보다 평범하게 사랑받고 사랑하며 살고 싶다는 깨달음을 얻었다. 그래서인지 우리는 다시 만남과 동시에 결혼을 결정했다.

"나 무서워. 잘한 결정일까? 이제 뭘 하고 어떻게 살아야 하지? 가족과 떨어져서 나 혼자 잘할 수 있을까?"

스스로 결정해 놓고 매일 친구들을 붙잡고 징징거렸다. 꿈도, 경력도, 친구도 심지어 가족도 모두 두고 나만 떠나려니 큰 결심이 필요했다. 1년간의 혹독한 훈련과 경험을 통해 얻은 신앙적인 확신과 응답이 있었지만, 두렵거나 걱정되지 않는 건 아니었다. 막막했고 겁이 났다. 평소 나와는 달리 그런 감정들을 외면하지 않고 직면했다. 충분히 걱정했고, 충분히 무서워했고, 충분히 울었다. 더 이상 그 감정들이 나를 집어삼키지 않을 만큼 충분히. 그 덕분에 정작 호주라는 나라에 도착했을 땐 무서울 것도, 막연함도 없었다.

무식하면 용감하다고 했던가? 나의 무식한 용감함으로 나는 종종 남편을 식겁하게 했다. 말도 통하지 않는 낯선 땅에서 길치 주제에 자전거를 타고 1시간을 넘게 달려 온 동네를 순회하고 집을 찾지 못해 한나절을 울고 불고 헤맸다. 그 와중에 혼자 해결해보겠다고 남편에겐 연락도 하지 않은 채 말이다. 결국 집 근처까지 다 와서 남편에게 SOS를 청했다. 헐레벌떡 달려온 남편은 자전과와 함께 만신창이가 된 내 모습을 보고 숨이 넘어갔다.

"공사장에서 일하다 왔어? 유 룩 라잌 홈리스(You look like a homeless). 하하하."

그게 뭐라고 순간 서러워진 나는 바닥에 주저앉아 엉엉 울어버렸다. 당황해하면서 웃음을 꾹 참고 있던 남편의 표정이 아직도 생생하다. 망신스러웠을 거다. 창피했을 테고. 거지 몰골을 한 아내가 아이처럼 길바닥에 앉아 울고 있는 모습을 보는 남편의 기분이 어땠을지 이제야 이해가 된다. 알고 보니 집은 코앞에 있었다. 엎어지면 코 닿을 곳에서 길을 잃었다고 헤매고 있었으니 얼마나 황당했을까?

그 후에도 나의 무식한 용감함은 종종 남편을 귀찮게 했다. 유난히 동물과 아이들을 좋아하는 오지랖 넓은 나는 길을 걷다가도 예쁜 아이들이나 강아지를 그냥 지나치지 못했고, 매번 알아듣기도 힘든 영어를 하며 많은 이들을 당황시켰다. 문화 차이를 인지하지 못하고 무작정 아이 볼이나 강아지 머리를 쓰다듬으려다 본의 아니게 남편을 난처하게 했다. 그 당시엔 남편에게 서운해서 투덕거리기도 했지만 지금 생각해보면 내 행동들은 참 위험했다. 그때 난 사람이 그리웠고 혼자 덩그러니 놓인 상황이 외로워서 사람들과 친해지고 싶었던 마음이 컸던 것 같다.

돌이켜보면 힘들고 외로운 시간들도 분명 많았지만 그 안에 숨겨져 있던 소소하지만 행복한 시간들이 훨씬 더 많았다. 출근한 남편을 기다리며 하염없이 바라보던 파란 호주 하늘도, 낯선 환경 속에서 보는 낯선 사람들과 낯선 풍경들도 그저 좋았다. 혼자 자전거에 책 한 권을 싣고 공원에 가 하루 종일 보내는 혼자만의 시간도 좋다.

한 남자를 만난 것뿐인데 내 삶이 송두리째 달라졌다. 새로운 곳에서 새로운 사람들과 새로운 이름으로 새롭게 시작하는 삶이 설레었다. 부모는 선택할 수 없지만 배우자는 선택할 수 있다. 삶에서 유일하게 선택할 수 있는 가족. 그렇게 우리는 서로를 가족으로 선택했다.

'엄마'라는 이름의 무게

아이가 태어나 집으로 온 지 이틀째 되는 날, 남편에게 바통터치를 하고 잠시 눈을 붙였다. 1시간도 채 되지 않았는데 남편이 다급하게 나를 깨웠다.

"일어나봐. 애가 이상해. 응급실에 가야 할 것 같아."

마음과 달리 눈이 떠지지 않았다. 눈꺼풀 무게가 1톤처럼 느껴졌다. 꿈과 현실의 어딘가에서 내가 물었다.

"왜? 무슨 일이야?"

남편은 대답 대신 함께 살고 있던 시누이를 깨워 응급실로 향했다. 알록달록한 신생아 병동 작은 침대에 2.6kg 인형만 한 아기가 누워있었다. 코부터 팔다리에 호스와 갖가지 주삿바늘을 달고. 눈앞에 있는 아이를 보자마자 다리에 힘이 풀렸다. 눈에서 수돗물처럼 눈물이 줄줄 나왔다. 말로 형용할 수 없는 아품이 가슴을 짓눌렀다. 의료진의 설명을 통역해주는 남편의 입에서는 무서운 말들이 쏟아졌다.

"뇌수막염이나 생명이 위태로운 것일지도 몰라서 척추수액을 뽑고, 피를 뽑고, 무슨 검사와 무슨 검사를 하고 그리고…."

얼마 전까지 멀쩡히 내 품에서 모유를 먹던 아기가 왜 이곳에 저런 모습으로 누워있는 건지 알 길이 없었다. 아무 생각도, 아무 말도 할 수 없었다. 그저 멍하게 아기만 바라보고 있었다.

"살려주세요. 살려주세요. 장애가 있어도, 큰 병이 있어도 좋으니 그저 살아서 제 옆에만 있게 해주세요. 제 남은 삶을 다 가져가도 좋아요. 제발 우리 아가만 살려주세요. 숨만 붙어있어도 좋으니 제발 살려주세요."

창피한 줄도 모르고 병원 바닥에 주저앉아 눈물, 콧물을 쏟으며 간절하게 기도했다.

누구나 그렇듯 엄마가 처음인 나는 서툴고 부족했다. 어느 날은 아픈 아기를 안고 안절부절못하며 일하고 있는 남편에게 전화를 걸었다.

"지금 병원 대기실에 있어. 빨리 와줘요, 빨리."

우리는 밥풀이(태명) 순서를 훨씬 지나 남편이 도착하고 나서야 의사를 만날 수 있었다. 아픈 아기를 병원에 데려가는 일조차 혼자 할 수 없는 초보 엄마는 그저 무력하고 미안했다. 매번 부탁해야 하는 남편에게도 면목이 없었다. 이방인인 초보 엄마는 그저 울고 보채는 아이를 부둥켜안고 같이 울 수밖에 없었다. 서럽고 스스로가 한심했다. 한국이었다면 달랐을까? 불필요한 수십 가지 경우의 수를 떠올리며 자책하고 원망했다. 그런 마음들이 전혀 도움 되지 않는다는 걸 알면서도…. 태어난 지 얼마 되지 않은 아이는 좀처럼 익숙해지지 않는 입원과 퇴원, 검사를 반복하며 지냈다.

입원했던 아이가 퇴원하기로 한 날, 갑자기 심한 장 출혈이 시작됐다. 처음부터 내가 의구심을 가지던 모유 알러지 검사를 위해 모유 수유를 중단했다. 영어도, 각종 의료용어도 이해할 수 없었다. 그저 남편이 통역해주는 대로 의료진들 입에서 나오는 무서운 경우의 수를 그저 가만히 듣고 있을 뿐이었다. 나는 알 수 없는 말을 내뱉는 의료진들 앞에서 젖몸살로 딱딱하게 굳어진 가슴을 부여잡고 펑펑 울며 설명을 들어야 했다. 나는 배가 고파 자지러지게 울어대는 아이에게 병원에서 준 작은 주사기 속 설탕물 비슷한 것들을 몇 방울 넣어주고 함께 우는 것밖에 할 수 없었다. 검사를 위해 단식을 한 아이가 밤새 배고픔과 사투를 벌인 밤은 내 생애 가장 긴 시간이었다. 끝이 보이지 않는 길고 어두운 터널 속에 아이와 단둘이 갇힌 것 같던 그날의 기억은 아직도 어제 일처럼 생생하다.

나의 초라한 영어 실력을 알게 된 병원에서 통역사를 불러주겠다고 했다. 약속한 시간을 맞추느라 유축도 할 수 없었다. 하지만 약속 시간 1시간이 지나도 통역사는 오지 않고 모유로 가득 찬 가슴은 돌덩이가 되어 참기 힘든 통증으로 몸이 베베 꼬였다. 결국 약속 시간 3시간이 훌쩍 지난 후 통역사를 대동한 의료팀들이 왔다. "아 유 코리안?(Are you Korean?)"이란 질문을 정확히 6번이나 해놓고, 중국 통역사와 함께. 절망적이었다. 결국 아이는 네 돌이 지난 12월, 수술을 할 때까지 매일 항생제를 먹어야 했다. 같은 병을 가진 사람들이 만든 인터넷 카페를 매일 들락거리며 글을 읽었다. 정보를 얻고 위안을 얻었다. 알아들을 수 없는 말을 하는 의료진들을 멍하니 바라보며 망연자실했던 그해 겨울은 몸도 마음도 유난히 추웠다. 그 시절 사진과 일기를 보며 오늘을 견딘다.

'제발 살아만 있어 주길… 그저 함께할 수만 있기를….'

당연한 말이지만 아이가 커 갈수록 말썽도 반항도 진화한다(상상 그 이상이다). 그 당시엔 참담하고 두려운 시련이 지금을 견디게 하는 밑거름이 되었다. 엄마 사표를 던지고 도망가고 싶은 순간에도 그때의 간절함을 기억하며 다시 사표를 마음속에 고이 넣어둔다. 아이가 건강하게 자라주는 것만큼 감사한 일은 없다. 살아 숨 쉬며 내 옆에 있어 주는 것만으로도 기적이다.

'호주댁'과 '호주맘'은 고작 한 글자 차이인데, 세상을 바라보는 눈과 생각의 지평은 하늘과 땅 만큼 큰 차이가 생겼다. 나는 타지에서 엄마가 되었다. 고된 육아의 반복 노동에서 느끼는 처참함과 아이가 살아있다는 것만으로 느껴지는 안도감, 감사함의 양가감정에서 나부끼며 또 하루를 견뎌낸다.

부부는 닮는다

"야, 이 @#$%&!"

운전을 하다 아찔한 순간을 맞이하자 상기된 얼굴로 목에 핏대까지 세워가며 한국어로 욕을 하는 남편을 물끄러미 바라봤다. 세상에 한국 욕을 어떻게 저렇게 찰지게 원어민보다 잘할 수 있을까 놀랍다. 그런 생각과 동시에 소름이 돋았다. 범인이 나인가?

"야! @#$%&!"

마트에서 인종 차별적 발언을 하는 어느 남자를 향해 나도 모르게 소리쳤다. 앗! 영어다! 화가 나서 순간 튀어나온 욕이 영어라니! 순간 소름이 돋았다. 범인은 남편인가?

남편은 한국말을 잘한다. 물론 한국인만큼 잘하진 못하지만 연애 초반부터 나와 한국어로 대화를 한 게 습관이 돼서 나와는 한국어로만 대화를 한다. 싸울 때만큼은 영어를 쓰더니 언제부턴가는 다툴 때도 한국어를 사용하기 시작했다. 그의 한국어가 유창해졌다. 조리 있게 잘도 따지고 '아니, 저런 표현은 어디서 배웠지?' 싶을 때도 많다. 반대로 나는 어느 순간부터 흥분하면 되지도 않는 영어가 나온다. 콩글리시를 섞은 이상한 영어가. 부부는 닮는다더니 쓸데없는 것만 닮아간다.

"뭐 먹고 싶어?"

남편이 빙그레 웃으며 자비로운 얼굴로 물었다.

"음… 아무거나?"

"아무거나 말고 먹고 싶은 걸 말해봐."

"비 오니까 뜨끈한 칼국수 먹을까?"

"나 면 안 좋아하는데…."

"그럼, 육개장?"

"아침에 한식 먹었잖아."

"휴… 그럼 니가 먹고 싶은 걸 말해! 어차피 난 뭐든 없어서 못 먹으니까."

"아니라고! 니가 먹고 싶은 거 먹으러 가자고!"

점심 메뉴를 두고 10분이 넘게 실랑이를 벌였다. 답정너인 남편의 답을 찾기 위해 스무고개 같은 대화를 이어가자니 짜증이 밀려온다.

"아니, 칼국수는 이래서 싫고, 육개장은 이래서 싫고 그럼 뭐 먹어?"

"난 진짜 아무거나 다 좋아. 그거 두 개만 빼고."

오늘도 정답을 맞추지 못했다. 그날 정답은 쌀국수였다. 쌀국수는 면이 아닌가 보다.

"이 옷 이상해?"

새 옷을 입고 한껏 자신감 넘치는 말투로 남편이 말했다. 이번엔 정확한 답을 안다. 하지만 얄밉기도 하고 남편 반응이 재미있어서 놀려 주기로 했다.

"이상한 것 같기도 하고…. 이상한 것 같아서 묻는 거야?"

순간 남편 얼굴에 당황한 빛이 스쳤다.

"뭐가 이상해? 안 어울려? 사이즈가 안 맞아? 말라보여?"

내 무덤을 팠다. 실수다.

"농담이야. 옷 정말 잘 샀다. 잘 어울려."

남편의 입꼬리가 살짝 올라가는 듯 보이더니 애써 침착한 표정으로 돌아왔다.

"이상하다며? 뭐야, 진짜 안 이상해?"

"응 장난친 거야. 진짜 잘생겨 보여!"

"왜 다들 나 잘생겼다 그래!"

어깨가 우쭐해진 남편이 한마디 보탠다.

"그러엄, 엄청 엄청 잘생겼지. 그렇고 말고!"

우쭈쭈 해주니 놀린다고 입을 삐죽이면서도 저절로 입꼬리가 올라간 남편을 보니 피식 웃음이 나왔다. 마치 아들 둘을 키우는 기분이다.

하루는 오랜만에 친구들을 만나러 밤마실을 나왔다.

"와! 저기 레스토랑 분위기 멋지다. 저기 봐봐. 조명이 어쩌고 뷰가 어쩌고….”

떠들어대는 나를 물끄러미 보던 친구가 갑자기 씨익 웃으며 말했다.

"그냥 저기 가고 싶다고 해! 안 어울리게 왜 그렇게 어렵게 돌려서 말하냐? 원래대로 해라."

순간 망치로 머리를 얻어 맞은 줄 알았다.

'어? 이거 어디서 많이 겪었던 상황인데? 나도 답정너가 된 건가? 내가 저기 가고 싶은 걸 그렇게 표현하고 있었던 건가?'

닮고 싶은 남편의 수많은 모습 중에 왜 하필 이런 모습을 닮아가는 걸까. 어이없기도 하고 부끄럽기도 해서 나는 머쓱하게 웃어버렸다. 부부는 닮는다더니 그 말이 사실인가 보다. 어느 순간 남편에게서 내 모습을 보고, 내 모습에서 남편을 본다. 그게 비록 내가 가장 싫어하는 부분일지라도. 불 같은 성격과 황소 고집은 둘이 똑같은 것 같다가도, 여느 부부가 그렇듯이 식성부터 취향까지 전혀 다른 우리는 너무 같아서 또 너무 달라서 자꾸만 부딪힌다. 그런 과정 속에서도 활활 타오르는 불처럼 너무 가까워서 서로 데이지 않도록, 너무 멀어서 서로가 추워지지 않도록 타협점을 찾아간다. 아직도 서로의 모난 부분에 부딪히며 상처받기도, 상처 입히기도 하면서 말이다.

그렇게 우리는 부부가 되어간다.

그렇게 우리는 가족이 되어간다.

지금의 내가 할 수 있는 것

서울 변두리 조그만 동네에서 예쁘다는 소리를 수도 없이 들으며 자랐다. 그 말의 끝은 언제나 같았다. "커서 꼭 미스코리아 나가야 돼!" 나는 그 말을 주문처럼 마음에 새겼다. 하지만 크면서 깨달았다. 어른들의 입바른 소리였다는 걸. 미스코리아는커녕 미스도 되기 전에 이미 세상이 호락호락하지 않다는 것, 코딱지만 한 동네에서나 예쁜 얼굴이라는 것, 미스코리아 대회는 아무나 나가는 게 아니라는 것도 알게 됐다. 요즘 속된 말로 '나이가 깡패'였나 보다.

흔한 미담처럼 '길거리 캐스팅'을 통해 잡지 모델로 데뷔했다. 수줍은 또래 소년들에게 (그 당시 유행하던) 꽃 향기나는 펜으로 쓴 편지도 받았다. 그때를 생각하면 아카시아 꿀 향기를 닮은 그 시절 내음이 풍기는 듯하다. 세상 무서울 것 없고, 세상에서 내가 제일 예쁜 줄 알고 살았던 10대 그 시절, 어쩌면 내 인생 가장 찬란했던, 그만큼 불완전한 10대 소녀였다. 늘 자신만만하기만 하다고 생각했는데 왜인지 10대의 난 철저하게 불안했고 모든 것이 두려웠던 것 같다. 사춘기인지도 모르고 지났던 천방지축 학창시절을 생각하면 서럽다. 이유 모를 서글픔이 목구멍을 타고 치밀어 오른다.

아이와 어른의 경계를 인지하기도 전에 어른이 되었다. 대학생 꼬리표를 달았지만 여전히 교복이 익숙했던 신입생 시절, 단지 CC(Campus couple)이 하고 싶어 선택한 학교여서였는지 나의 대학시절은 흔히 말하는 '아싸'로 회색빛 기억으로만 남아있다. 정작 CC는 1년 정도였고 계획에 없던 이별로 천금같은 청춘의 시간을 길바닥에, 술잔에 털어버렸다. 감당하기 버거웠던 이별은 깊은 상처와 흑역사를 남기고 고스란히 흉터로 남았다. 가장 혼란스럽고 불완전하던 나를 지탱해주던 버팀목이었던 그를 보내는 일은 내 사지를 잘라내는 듯한 아픔이었다. 그 시련이 나를 단단하게 만들어주었다. 또, 관계에 있어 조심스럽고 조금 더 신중한 사람으로 만들어주었다. 청소년기에서 어른이 되는 과도기를 함께 겪고 나를 일으켜 세워준 그의 건승을 빈다.

유난히도 '죽음'이 가까이 있던 20대 중반에 남편을 만났다. 위태롭던 나에게 힘이 되기도 하고, 전투 본능을 일으키기도 하면서 친구로 만나 연인이 되고 부부가 되기까지 오랜 시간 함께했다. 특별할 것 없이 여느 연인들처럼 데이트를 하고 여행을 즐기며 투닥투닥 다투기도 하면서 그와의 연애 동안 나는 공연 기획부터 KTX승무원을 거쳐 다시 배우로 돌아왔다. 무대공포증이 있는 나는 늘 등장 전 심장이 터질 것 같은 두려움을 느꼈다. 그 사실을 알고 있는 그는 관객석 입장과 동시에 특유의 기침소리를 내며 괜찮다고 격려해 주었다(기침 소리가 참 독특한데 글로 표현하지 못하는 게 아쉽다).

그는 나를 아내로, 며느리로 그리고 엄마로 만들어주었다. 그리고 그 사람만 믿고 모든 것을 남겨둔 채 혼자 낯선 땅에서 살아가고 있다. 다들 내가 대단하다고 독하다고 하지만 내 생각은 다르다.

그냥 내 삶이 흘러 흘러 여기까지 왔다. 순간 순간의 작은 선택들이 쌓여 지금의 내가 되었다. 때론 대단한 사건도, 드라마틱한 일들 없이도 생각치 못한 변화를 겪게 되는 게 인생사 아닐까? 30대, 나는 호주에 살고 있는 이민자다. 공연을 하며 필라테스 스튜디오를 운영하는 엄마 사람이다. 지극히 평범하지만 누구와도 같지 않은 그런 사람이다. 구름 한 점 없는 파란 호주 하늘을 보며 감동에 눈시울을 붉히다가도 이내 서둘러 이불빨래를 하는 평범한 여자 사람이다.

오늘도 현실과 이상, 몽상과 상념 사이를 쉴 새 없이 오간다. 가끔 신주단지처럼 모셔둔 예전 다이어리를 보며 10년 전 나와 마주한 채 등을 토닥여준다. 30대의 내가 10대, 20대의 나를 만나는 일은 늘 익숙한 듯 낯설다. 오늘의 내가 내일의 나에게 책임을 떠넘기고 어제의 나와 협상을 하는 동안, 과거의 나는 그곳에서 나를 지켜본다. 40대의 내가 지금의 나를 바라볼 것 같은 표정으로. 오늘도 나는 한 글자 한 글자 꾹꾹 눌러쓴 일기에 마음을 담고 욕심을 담는다. 어쩌면 오늘이 마지막일지도 모른다는 마음으로. 내가 할 수 있는 건 그저 하루를 살아내는 것뿐이다.

무겁기만 하던 엄마라는 이름과도 그럭저럭 타협점을 찾아간다. 누구도 결말은 끝까지 보기 전까진 아무도 모른다. 뻔한 결말을 예상하는 삼류 영화나 공연, 소설도 그런데 하물며 내 인생은 오죽하겠는가. 호주라는 곳도, 엄마라는 자리도, 어쩌면 필라테스 강사도 내가 꿈꾸던 게 아닐지도 모른다. 하지만 나는, 내가 있어야 할 자리에 꼭 있어야 할 사람이 되었다고 믿는다. 얼마인지 모를 내 남은 생과 사이좋게 지낼 궁리를 해본다. 그걸로 충분하다.

'함께'라는 이름으로

"아 유 오케이?(Are you OK?)"

"아임 파인. 바이(I'm fine. bye)"

"아 유 슈어?(Are you sure?)"

"…."

선선한 바람이 불어오기 시작하던 5월 어느 날 늦은 저녁, 낯설기만 한 호주에서 아직 낯선 동네의 어두컴컴한 가로등 아래 불빛을 벗 삼아 쪼그려 앉아 울고 있었다. 남편이 괘씸해서, 내 신세가 처량해서 울었다. 친절한 호주 사람들은 지나가던 길을 멈추고 괜찮냐며 한마디씩 걸어왔지만, 그 당시 나는 그들의 말을 이해할 수 있는 영어 실력도, 들을 수 있는 감정 상태도 아니었다.

그날은 결혼 후 처음 남편과 심하게 다투고 무작정 집을 나왔던 날이다. 막상 나오니 갈 곳도 만날 사람도 하나 없었다. 서러웠다. 그렇다고 한국에 있는 친구들에겐 차마 연락을 할 수가 없었다. 자존심이었는지 걱정 끼치기 싫은 마음이었는지 사실 지금도 모르겠다. 그날따라 눈치 없는 날씨는 왜 그리 쌀쌀하던지…. 지금도 그날 불어오던 스산하고 쓸쓸한 바람이 생생하게 기억난다.

그렇게 온전히 혼자인 시간을 보냈다. 몇 달 후 영어를 배우겠다고 TAFE(한국 전문대와 비슷한 학교)에 입학하고 친구들을 만났다. 영어가 부족한 나는 다양한 국가와 다양한 인종의 친구들과 많은 대화는 할 수 없었지만 어쩐 일인지 그들을 충분히 이해할 수 있었다. 엉망진창 영어로 개떡같이 얘기해도 찰떡같이 알아들어 주는 친구들이 생기며 작기만 하던 나의 세상이 조금씩 넓어졌다.

그중 '마하사'라는 이란 친구와는 베프(Best friend)로 지내며 부부동반을 넘어 부모님들까지 동행해 함께하는 사이가 되었다. 화려하고 예쁜 외모와 달리 털털하고 어리숙한 마하사는 아무도 못 알아듣는 내 영어를 다 알아듣고 통역해주곤 했다. 반대로 발음이 정확하지 않아 원어민인 남편도 못 알아듣는 그녀의 영어는 내가 통역해주었다. 그런 우리를 보고 다들 신기해했다. 호주에 온 지 1년 만에 서로를 알아주고 의지할 수 있는 친구들이 생겼다. 그것도 머나먼 나라에서 온 친구들이.

학교에 입학한 지 얼마 되지 않을 때 남편이 교육사업을 시작했다. 하교 후 남편의 사무실에서 일을 도왔다. 아이들을 유난히 좋아하는 나는 서툰 영어 실력이지만 그곳에 아이들과 교감하며 친해졌다. 아이들은 어느샌가 나를 보면 달려와 반갑게 인사하고 안아주며 조잘조잘 이야기를 전했다. 아이들과 친해진 덕분에 학부모로 만난 이들과도 교류하고 지낼 수 있었다. 그렇게 또 혼자였던 나의 세상이 조금 더 넓어졌다.

"에고… 힘들었겠다. 그래서 어떻게 했어?"

"어떻게 하긴! 너도 니네 나라로 돌아가라고, 여긴 원주민들 땅이라고 큰소리쳤지."

"하하하하. 그래, 너 말 잘했다!"

타향살이 8년 차, 맑고 푸른 호주 하늘 아래 초록초록 한 잔디가 가득한 공원, 수다쟁이들이 쉴 새 없이 수다를 떨고 있다. 얼마 전 한 친구가 인종차별을 겪은 사건을 두고 목에 핏대를 세우며 열변을 토하다가 이내 하하하 크게 같이 웃어버리는 이 시간이 참 좋다. 게다가 혼자 하던 독서도 '북홀릭(시드니 독서모임)' 멤버들을 만나면서 나누는 더 깊어진 기회가 되고, 혼자 끄적이던 별 볼 일 없던 글들이 기고의 기회가 되었다.

생각해보면 이 모든 것이 기적이다. 내가 호주라는 나라에 와서 살고 있는 것도, 아무도 없는 곳에서 서로의 마음을 나누는 사람들과 더불어 살고 있는 것도, 그동안의 커리어와는 무관한 필라테스 스튜디오를 운영하고 있는 것도, 겁도 없이 시작했던 공연 제작을 성황리에 마칠 수 있었던 것도… 모든 것이 말이다. 혼자라면 절대 이룰 수 없는 수많은 일을 귀한 인연한 사람 한 사람을 만나 '우리'라는 이름으로 '함께'하기에 해낼 수 있었다.

서로 알아가고 마음을 나눈다는 건 어려운 일이다. 성인이 된 후 만난 사이라면 더더욱 힘들다. 그렇기에 더 소중하고 귀하다. 타향살이라는 공감대와 이곳에서 고군분투하며 사는 일상을 서로 응원하고 격려하며 살아간다. 보기 힘든 쪽파 대신 부추를 넣고 겉절이를 하는 것, 급식 대신 켄틴(한국 매점과 같은 곳)에서 아이들이 점심 식사를 주문하는 것 등 한국과는 다른 소소한 일들을 공유하고 공감하며 서로 의지하고 같이 살아간다.

공연하는 필라테스 강사, 엄마, 아내, 며느리, 딸, 이민자 이 모든 나의 수식어 사이사이에 나를 믿고 일으켜 세워주는 귀한 인연들이 속속 숨어있다. 그들의 따뜻한 마음과 진심 어린 관심 속에서 오늘 하루도 한 걸음 나아간다. 나 또한 누군가에게 도전이 되고 용기가 되고 희망이 되어주는 사람이고 싶다. 그들이 나에게 그래 주는 것처럼. 내 옆에 있는 소중한 인연들 덕분에 더 이상 낯설기만 하지 않은 호주라는 곳에서 오늘 하루도 감사하게 살아낸다.

Australia

chapter 04

누구에게나
인생은 쉽지 않다

장겸주

많은 죽음을 대하며 깨달은 것

나는 응급실 전문간호사다. 응급실에서 일한 지 28년이 다 되어가니 나는 셀 수도 없을 만큼 다양한 죽음을 무수히 바라보며 살아온 셈이다. 내가 가장 안타까운 것은 어린아이와 젊은 사람들의 사고로 인한 죽음이다. 이상하게도 몇몇의 아이들은 자신의 생일에 하늘나라로 가곤 했다. 4살짜리 아이가 바닷가에서 수영을 하다가 익사사고를 당해 심폐소생술을 하면서 응급실에 실려 왔지만 결국 부모를 뒤로하고 먼저 세상을 떠났다. 그날은 그 아이의 생일이었다. 하루는 11개월이 갓 지난 아이가 이유 없이 움직이질 않는다고 엄마가 응급실로 데려왔다. 상태가 심각해서 아동전문병원으로 후송했는데 뒤늦게 아이의 사망 소식을 듣고 꽤 충격을 받았다. 아이가 운다고 아버지라는 사람이 소파에 집어 던져 뇌손상이 되었다는 게 사망원인이었다.

다양한 문화의 민족들이 모여 사는 이 나라의 특성상 갱들의 세력다툼으로 서로 칼부림을 해서 한쪽 보스가 칼을 맞아 죽고, 다음 해에는 그 칼부림을 한 사람이 복수를 당해 응급실에 실려 오는 사건이 있었다. 결국 과다 출혈로 수술실에 들어가지도 못하고 사망했는데 그 사망자의 부모는 아들이 왜 총에 맞아 죽었는지 뉴스를 통해 알게 되기도 했다. 영화에서나 보는 일들이 내가 일하는 응급실 안에서 아무렇지도 않게 벌어지면 전혀 영화 같지가 않았다. 사람의 목숨이 이리도 가벼운 걸까 하는 마음에 절망스럽기까지 했다.

가장 가슴 아팠던 기억은 절벽에서 떨어진 환자를 헬리콥터로 끌어 올리던 중에 일어난 동료의 사고였다. 응급구조 대원으로 출동해 줄을 타고 환자를 올리는 도중, 바람이 너무 세서 구조대원이 절벽에 부딪혔고 환자를 실은 이동 장비가 대원의 골반에 부딪치면서 골반뼈가 부서져 버렸다. 그 대원은 단번에 자신의 골반뼈가 파열된 것을 느꼈다고 한다. 골반뼈가 부서지면 그 안에 있는 굵직한 동맥과 정맥, 장기들의 출혈이 일어나 갑작스런 쇼크로 사망할 가능성이 높은 것을 그는 너무 잘 알고 있었다. 바람이 너무 거세진 탓에 의료대원들은 그들의 의술을 제대로 써보지도 못한 채 골반뼈가 부서진 동료와 구조된 환자를 절벽 아래로 다시 내려보내야 했다. 한밤중에 다른 구조대원들이 협곡을 타고 내려가 환자와 구조대원을 구하기 위해 투입되었다. 다음 날 아침, 환자는 구조했지만 응급 구조 대원은 결국 출혈 과다를 막지 못해 이송 도중 심장마비가 왔다. 그 밤이 새도록 자기가 죽을 줄 알면서 그는 무슨 생각을 했을까. 그리고 그 옆에서 그를 살리려 했던 다른 대원들과 그 상황을 지켜보던 환자는 어떤 마음이었을까. 그들의 길었던 밤을 생각하면 만감이 교차한다.

3년 전에는 응급실 간호사였던 천사 같은 샨(Sharn)의 장례식에 참석했다. 화려하고 예쁜 파티복을 입고 오라는 특별한 메시지가 있었다. 그녀의 마지막 부탁대로 응급실 식구들은 모두 밝은 드레스를 입고 장례식에 참석했다. 그녀는 일하다가도 운동을 하다가도 자꾸 힘없이 넘어져서 검사를 받았다. 한참 신혼일 때 운동신경 질환(motor neuron disease)이라는 불치병을 진단받고 길어야 4~5년 정도 살 거라는 말을 들었다. 샨은 그 진단을 받고도 1년 가까이 응급실에서 일했다. 결국 자꾸 넘어져서 병원은 그만두었지만, 같은 질병을 가진 이들에게 용기를 주기 위해 휠체어를 타면서 철인 3종 경기 등 수많은 도전을 하며 남은 삶을 가치 있게 살아냈다. 철인 3종 경기를 하던 그녀는 결국 휠체어에 자신의 몸을 의지했고 생의 마지막 몇 달은 침대에서 힘겹게 숨을 쉬다가 세상을 떠났다. 샨은 죽기 1년 전에 신부님을 만나 자신의 장례식 절차를 남편과 함께 상의했다고 한다. 그녀의 장례식은 참석자 모두에게 귀감과 성장의 씨앗을 준 특별한 세리머니였다. 페이스북엔 아직도 그녀의 생일이 되면 그녀를 기억하는 글들이 올라온다.

작년엔 매일 같이 일하던 젊은 동료 의사가 혈액암으로 세상을 떠났고, 나와 친했던 두 명의 간호사 친구 엄마들의 귀천을 그들의 가족과 함께 지켜봤다. 나 또한 20대 초부터 큰 수술을 몇 번이나 하면서 죽음이 언제 닥칠지 모른다고 생각했던 적이 많다.

인간의 생로병사를 곁에서 지켜보면서 결국 삶에 대해 내 스스로 질문하는 일이 잦았다. 나는 왜 태어났는지, 어떠한 이유로 이 수많은 죽음과 사고를 내 눈으로 보고 간호하면서 살아가야 하는지를 말이다. 아무 연고도 없는 호주라는 나라에 왜 홀로 떨어져 이렇게 20년이 넘도록 생로병사를 경험하며 살아왔는지 분명 그 이유가 있을 거라고 생각했다.

호스피스의 창시자이자 죽음학의 대가인 엘리자베스 퀴블러 로스의 『사후생』을 읽은 것이 나에게는 인생의 깨달음을 여는 계기가 되었다. 엘리자베스의 책을 통해 죽음은 이번 생의 마지막 성장의 기회이며 결코 끝이 아니라는 것을 배웠다. 객사나 홀로 죽음을 맞이하더라도 우리가 생각하는 것처럼 불행사나 고독사가 아닌, 죽어가는 사람을 보호하고 도와주는 존재들이 그들 곁에 있다는 것도 알게 되었다. 혼자 사는 내가 어디서 어떻게 살다 갈지 모른다는 두려움이 늘 있었는데 이 말이 내겐 무한한 위로였다. 웰다잉(well-dying)을 위해 정신과 영혼이 성장하고 깨달아야 하며, 베푸는 삶을 살아가야 함도 알게 되었다. 20년이 넘도록 깊고 짙었던 '왜 나는?'이라는 질문의 답들이 꼬리에 꼬리를 물고 읽어나가는 책들 안에 있었다.

인생의 답을 얻었다고 해서 나의 인생이 마냥 행복한 것은 아니다. 여전히 살면서 고통과 두려움이 끊임없이 다가온다. 고통에 집중하면 더 많은 고통과 두려움을 경험하게 되지만, 고통을 통해 깨닫고 배우면 성장하게 된다.

우리는 지금 행복해야 한다

두통이 심하고 토할 것 같은 기분으로 잠에서 깼다. 죽을 정도로 아프지 않으면 보통은 출근을 하는데 상황이 달랐다. 요 며칠 내가 본 환자 중에 코로나 의심 환자는 없었는지, 이번 주에 내가 슈퍼마켓에 다녀온 적이 있는지 생각했다. 무증상 환자인 경우에는 환자인 본인도 모르고 치료하는 나도 알 수 없다. 갑자기 두려움이 밀려왔다. 아무리 마스크, 보호 가운, 보호 안경과 장갑을 끼어도 엉성한 보호장비만으로 100% 완벽히 차단할 수는 없다. 응급실에 전화해서 오늘은 두통이 있어 출근할 수 없다고 보고하고, 당장 코로나 바이러스를 검사하는 클리닉으로 갔다. 검사를 받고 바로 집으로 와서 결과가 나올 때까지 방콕했다. '혹시 내가 환자한테 옮았다면 여태 내가 모르고 봐온 환자들은 어떻게 하지? 나는 어떻게 되는 거지?' 하는 마음으로 초조하게 기다리던 중 새벽 4시, 보건국에서 음성이라는 문자가 왔다. 다시 출근해도 좋다는 말이다. 벌써 이런 일이 몇 번째인지 모른다. 세계의 모든 의료진이 모두 다 불안한 마음이지만 의무감을 가지고 일해나가고 있을 것이다.

요즘 내가 일하는 호주의 뉴사우스웨일스주의 응급실은 전시 상황이다. 안전하다고 믿었던 호주도 델타변이 바이러스가 들어오고부터 미친 듯이 확산이 시작됐다. 병원의 정책은 하루가 다르게 바뀌고, 하루에 2,000명도 넘게 확진자가 나오는 바람에 응급실에는 20~30분마다 양성환자들이 들어오고 있다. 양성인지 대부분 알고 구급차에 실려 오지만 자기가 양성이거나 보균자인지 모르고 다른 증상으로 왔다가 양성인 경우엔 그 환자를 진료했던 의사, 간호사 모두가 격리에 들어가야 한다. 20년 넘게 일해온 이래 가장 긴장되고, 손발이 찌릿찌릿한 극도의 스트레스를 받으면서 일하는 중이다. 입고 쓰는 보호장비 때문에 얼굴 피부는 10년은 늙어 버렸고, 몸은 식은땀에 매일 젖으면서도 탈수증에 시달리고 있다.

응급실은 항상 언제 뭐가 터질지 모르는 지뢰들이 여기저기 심겨 있는 듯하다. 다리가 잘려나간 교통사고 환자, 온몸이 다 타버리고 얼굴이 뭉개진 화상 환자, 돈 벌자고 마약을 몇백 개나 삼키고 호주에 입국했다가 마약단속반에 걸려 강제로 병원에 잡혀 온 환자, 한국에서는 보기 드문 파티드럭(party drug, 파티를 하면서 먹는 불법마약물)을 너무 많이 먹어 심장

마비가 와서 구급차에 실려 온 젊은 환자 등… 그뿐이랴. 모두가 응급이라 생각하고 내원한 환자가 빨리 안 봐준다며 퍼붓는 험담, 욕과 위협, 정신과 환자에게 머리를 맞아 기절하는 사례까지 생긴다. 건강하지 못한 에너지가 너무나 많고, 긴장이 고도된 곳이라 정신을 바짝 차리지 않으면 언제 어디서 무슨 일을 당할지 알 수 없다.

코로나 발생 이후로는 양성 환자들이 너무 많이 실려 오는 통에 응급실에서 일하는 의료진들은 몇 배는 더 긴장하고 있다. 이미 몇몇의 의료진은 양성 판정을 받아 병가에 들어갔고, 아무리 조심해도 최전선에서 일하다 보니 위험도는 높을 수밖에 없다. 일하면서 감염이 되거나, 스트레스로 인해 고혈압이나 심장질환이 오거나, 우울증, 불안증, 공황장애가 생겨 그만두는 사람도 많다. 직업상 피할 수 없는 스트레스와 비참한 케이스의 환자들을 간호하고 치료하면서 간접적으로 경험하는 트라우마들이 심해지면 모르는 사이에 우울이나 불안이 찾아올 수 있음을 경험을 통해 알게 되었다. 비단 우리만이 아니라 군인, 경찰, 소방대원 등 생로병사를 경험하는 직업군들도 같은 상황이다.

응급실에서 오랫동안 일하면서 나는 '마음챙김(mindfulness)'을 시작하지 않을 수 없었다. 도저히 일어나서는 안 될 사건의 피해자를 돌보거나, 허망한 죽음을 맞이한 환자를 간호하고 나면 퇴근하고 나서도 주마등처럼 잔상이 남아 내 마음을 괴롭히는 때가 많았다. 전쟁터 같은 공간을 피해 혼자만의 조용한 공간을 찾는 일이 잦아졌다. 응급실 밖 어딘가에 가만히 앉아 멍을 때리거나 몇 분 동안 천천히 숨을 들이마시고 내쉬며 호흡에 집중한다. '내가 충격을 받았구나, 내 마음이 슬프구나, 그 슬픔을 내색하지 않고 잘 버티면서 울지 않고 묵묵히 일했구나' 하고 내 마음을 알아봐 주는 일이 마음챙김이다. 이 단순한 호흡법과 알아차림은 응급실 생활에서 매우 중요한 생존 도구이다. 이렇게 해도 스트레스와 불안이 없어지지 않으면 더욱 증상이 심해지기 전에 휴가를 가거나 정신건강 상담을 받기도 한다. 이런 과정은 호주에서 감기 치료처럼 쉽고 일반적이다. 한국처럼 쉬쉬하지 않는다.

28년의 응급실 생활이 준 한 가지 큰 교훈은 이런 고위험과 엄청난 스트레스에도 불구하고 '오늘을 의미 있고 행복하게 사는 것'이다. 『죽음의 수용소』라는 책에서 빅터 프랭클은 "고통 속에서도 우리는 삶의 의미를 찾아야 하며, 미래에 대한 기대가 삶의 의지를 불러일으킨다"고 했다. 그나마 응급실에서 일하는 우리는 나치 수용소에 갇힌 사람들도 아니고, 탈레반의 포로도 아님을 감사해야 한다.

난 이런 혼란과 두려움의 시기를 최대한 활용하는 기회로 만들고 싶어서 집 안에서 조용히 책을 들었다. 홈트를 시작했고, 스트레스를 풀기 위해 안 보던 한국드라마와 영화들을 일부러 열심히 보기 시작했다. 책은 내게 내면을 바라보는 기회를 주었고, 좋은 스승을 만나게 해주었다. 시드니에 있는 지인들과 온라인으로 만나 읽은 책에 대해 토론하며 비판적 사고도 키웠다. 가장 비싼 재산이 내 몸임을 항상 기억하며 유튜브 안에 있는 운동 트레이너들을 따라 홈트도 병행했고 지인들과 흰쌀밥, 밀가루 설탕 안 먹기 10주 챌린지를 해냈고 설탕을 끊고 밀가루도 거의 끊었다. 감정 해소와 치유에 드라마와 영화가 내게는 많은 도움이 되었다. 침대 밖을 벗어나지 않고도 울고 웃으면서 있노라면 나도 모르게 속이 후련해지거나 가슴이 따스해짐을 느낀다. 관점을 바꿔 집에만 있어야 하는 시간이 주어졌을 때 그 시간에 할 수 있는 모든 것을 시도하고 즐기면 된다.

우리는 그저 생각의 전환이 필요하다. 불행과 행복은 한 끗 차이이고 종이 한 장 차이다. 이 힘든 시간은 언젠간 다 지나갈 것이다. 빅터 프랭클의 말처럼 미래를 기대하며 삶의 의지를 일으켜본다. 락다운은 곧 풀릴 것이고, 한국으로 가족을 만나러 갈 시간을 위해 이미 휴가를 차곡차곡 쌓아두고 있다. 한국에 가면 누굴 만나고 싶은지, 가족과 친구들과 무슨 음식을 먹고 싶은지 리스트를 작성하며 그날만을 기다리고 있다. 리스트만 봐도 신나고 설렌다. 그렇게 오늘 행복한 기분을 만들고 하루를 의미 있게 살아가려 한다.

유서를 쓰고 사는 마음

"이렇게 될 때까지 모르고 일을 했단 말이에요?"

내 MRI 필름을 본 척추전문의가 건넨 첫마디였다. 나는 아무런 대답을 할 수 없었다. 속으로 '수술하자는 얘기만 제발 하지 말아줘' 속삭일 뿐이었다.

"이거 응급이에요. 아시죠? 오늘 입원하시고 내일 수술하도록 하죠."

"정말요? 수술 말고 다른 방법은 없나요? 물리치료를 받거나 약을 먹으면 좀 나아지지 않을까요?"

전문의는 차분하게 내 병에 대한 치료법을 설명해주었다. 수술이 유일한 방법이며 안 그러면 신경이 눌려 마비가 올 거라고 했다. 6주 동안은 목에 깁스를 해야 하고 운전도, 일도 하면 안 된다고 덧붙였다. 4주부터는 재활 치료를 받으면 될 거라고 했다.

"저 집에 강아지 두 마리를 놔두고 왔어요. 갑자기 입원해서 수술하면 당분간 아이들을 봐줄 사람이 없어요. 일단 오늘은 진통제만 받아갈게요."

"그래요. 혹시 소변이 안 나오면 신경이 눌려서 하반신이 마비가 오기 시작하는 거니 전화하고 바로 와야 해요!"

전문의는 내가 간호사로서가 아니라 환자로서 이 진단을 '부인'하고 있으며, 받아들이는 데까지 시간이 필요하다는 걸 알았던 것 같다. 순순히 나를 집으로 보내주었다. 처방전을 받고 나오는데 목은 미칠 듯이 아팠고, 깨질 듯한 두통이 계속되었다. 어떻게 운전해서 집으로 갔는지도 기억조차 나질 않는다.

호주에서 간호사로 일하면서 의사들이 암이라는 진단을 환자에게 처음으로 알리거나, 응급으로 수술에 바로 들어가야 한다는 말을 들으면 환자들이 어떻게 느끼는지 대충 얼굴 표정과 보디랭귀지로 그들을 이해하곤 했다. 대부분의 환자는 진단자체에 충격을 받아서 어떤 감정을 표현해야 할지조차 모르고 멍하니 의사를 쳐다보기도 하고, 무조건 울기부터 하는 환자도 있다. 드물게 나처럼 부인하면, 의사들은 차분히 기다리다가 다시 설명을 해주면 결국 환자들은 어찌할 바를 모르고 닭똥 같은 눈물을 흘리거나 가족 품에 안겨 엉엉 운다.

진료실에서 도망 치듯 나온 나의 행동도 그들과 다르지 않았다. 바로 응급수술에 들어가자는 말에 충격을 받았고 무서웠다. 29년 전에 두 달밖에 살지 못할 수도 있다는 진단을 받아본 적도 있지만, 이상하게 그땐 죽을 것 같다는 생각이 하나도 들지 않았다. 하지만 이번 목디스크는 달랐다. 혹여나 잘못되면 수술 후 눈을 뜨는 순간, 세상이 바뀌어 있을지도 모른다는 두려움이 무섭게 밀려왔다.

'내 환자들도 이런 경험을 했을까? 이런 느낌이었을까….'

오랫동안 응급실 간호사로 일하면서 보고 겪은 일들이 이럴 땐 내게 너무 불리하게 느껴졌다. 집에 겨우 돌아오니 말 못 하는 강아지들이 나를 쳐다보고 꼬리를 치며 미친 듯이 나를 반겼다. 가슴이 미어졌다. 한국에 있는 동생에게 SOS를 쳤다. 동생은 모든 일을 제쳐 두고 하루 만에 비행기를 타고 날아왔다. 수술 후 겪게 될지도 모르는 상황을 간략히만 설명해주고, 만약에 수술 후 내게 전신마비가 생기면 취해야 할 일들을 자세히 노트에 적어놓은 것을 주었다. 증상이 더 심해져서 걷지 못할 상태가 되기 전에 서둘러 변호사를 만나 유언장을 작성했다.

내가 만약 온전하지 못한 상태로 마취에서 깨어났을 때 남은 내 가족에게 누를 끼치고 싶지 않았다. 호주를 떠나 여행을 가기 전에 항상 내 방을 깔끔히 치워 두고 다녔던 것도 같은 이유였다. 나에게 갑작스러운 일이 생겨서 가족이 날 위해 달려와 주었을 때, 가지런한 집의 모습과 준비된 유서는 남은 이들에게 그나마 도움이 될 거라 믿었다. 변호사를 통해 법적으로 유서를 쓴 것은 처음이지만 마음은 너무 편안했고 말 못 하는 두 마리의 아이들을 놓고 가도 유언장대로 되면 걱정이 없었다.

다음 날 아침, 나는 화장실조차 갈 수 없을 만큼 다리에 힘이 빠졌고 의사의 말대로 소변을 볼 수 없게 됐다. 동생에게 강아지를 맡기고 친한 동생 부부의 부축을 받으며 병원에 입원했고 응급으로 수술을 받았다. 마취에서 깨어났을 때 목에는 깁스를 한 채였고 눈을 뜨니 병실 천장이 보였다.

'수술이 잘된 걸까….'

손가락을 움직여 봤다. 움직임을 알 수 있었다. 손을 들어 내 손바닥을 쳐다봤다. 그리고 발가락을 움직여 봤다. 움직임이 느껴지고 움직일 수 있었다. 다행히 수술은 잘된 것 같았다. 움직일 수 있다는 게 이토록 기적같은 건지 그때 다시 깨달았다.

언제 죽을지 모르는 것에 대비하고, 유서를 써놓고 사는 인생은 자유여행 전에 차 정비를 제대로 하고 기름을 꽉 채우고 거기에 여유분의 기름 한 통을 더 가지고 떠나는 기분이랄까? 인생의 반을 넘기면서는 고귀하게 죽고 싶다는 생각을 한다. 몸이 조금씩 망가지기 시작하고 안 먹던 약을 먹어야 하고 이제는 정기적으로 검사를 받으며 내 몸을 유지해야 할 시기가 오면서부터 삶에 대해 겸손해지고 베풀면서 살아야지 하며 노력한다. 그날이 내일일지, 아님 50년 뒤일지는 아무도 모르니까 말이다.

반려동물과 함께하는 삶

"반려견을 한번 키워보는 건 어때요? 그럼 외롭지 않고 가족도 생기고 좋지 않을까요?"

심리상담사는 내게 반려견을 키워보는 게 어떻겠냐고 조언했다. 16년 전, 호주에서 처음으로 도시의 응급실에 의사의 부족을 메꾸기 위해 전문간호사제도를 도입하던 시기였고, 보수적인 호주의사들의 차가운 태도로 인해 극심한 자멸감이 우울감을 부추겼던 때였다. 의사들에게 환자 컨설팅 차 전화를 걸면 "간호사 주제에… 의사한테 전화하라고 해!" 하며 뚝 끊어버리기가 일쑤였다. 전문간호사제도가 호주 도심병원에 자리 잡기까지 거쳐야 했던 의사들과의 심한 갈등은 결국 환자가 잘못되어 고소를 당하는 악몽이나 의사가 소리를 지르며 욕하는 꿈으로 자주 나타났다. 이런 불안과 스트레스가 극을 달했던 내게 카운슬링을 받는 것은 어쩌면 당연한 생존 방법 중 하나였다. 하지만 영어로 상담을 받다 보니 서로 보이는 않는 커튼을 쳐놓고 이야기를 하는 느낌이었고, 심리상담사의 말이 가슴 깊이 들어오지도 않는데다 내 마음이 그리 안정되지도 않았던 때 상담사가 강아지를 키우라는 권유를 한 것이다.

내가 호주로 유학 오기 전 나이 든 강아지를 두고 유학을 왔다. 물론 우리 가족의 강아지였지만 유학 중에 그 아이는 세상을 떠났고 그 뒤로 나는 강아지를 키워야겠다는 생각을 해본 적이 없다. 외롭다고 함부로 강아지를 키울 일은 아니었다. 나는 고민했고 혼자서 잘 키울 수 있을지 테스트를 한번 해보기로 했다.

교민잡지를 구해 강아지를 맡아 달라거나 임시로 봐달라는 광고를 낸 사람이 있는지 찾아보았다. 때마침 6개월도 안 된 강아지를 맡아줄 사람을 찾는 광고가 있었고 데려와 돌보기 시작했다. 어쩌다 보니 6개월 이상을 돌봐주게 되면서 그 아이는 점점 내 가족이 되었다. 원주인이 못 기르게 될 것 같아 아파트 반상회에 반려견 허락 신청을 해놓았지만 (그땐 허락이 필요했다) 원주인은 아무래도 가족이 많은 집으로 보내는 것이 좋겠다며 내 손으로 8개월을 키운 아이를 가족이 많은 집으로 입양을 보냈다. 그 아이에겐 최선이었지만, 아이가 가고 난 뒤 내가 경험한 상실감과 외로움은 그전보다 더 심했다.

8개월을 키워보니 나도 강아지를 키울 수 있을 것 같아 반려견을 입양하기로 결정했다. 또다시 교민잡지를 뒤져 젊은 부부가 사정상 키우지 못하게 된 3개월 된 말티즈를 만나러 갔다. 집에서 1시간 거리를 단번에 운전해서 갔다. 보기에 순둥하고 아직 똥오줌을 가리지 못하는 아기 강아지가 가만히 앉아 있었다. 나는 한눈에 반해서 그날 바로 집으로 데려왔다. '마리'라는 이름을 차 안에서 지어주었고 나는 엄마가 됐다.

다음 날 아침에 일어나니 강아지가 설사를 하고 나서 자신이 싼 똥을 다시 먹는 게 아닌가. 잘 살펴보니 털만 이뻤지 살은 하나도 없이 뼈만 앙상했다. 당장 한국인 수의사 선생님을 수소문해서 진료를 보러 갔다.

"아이가 영양실조인 것 같아요. 팔려고 밥을 안 먹인 것 같네요."

"그래서 자기가 싼 똥을 먹는 건가요, 선생님?"

"아마 하도 못 먹어서 허기가 져서일 거예요. 하루에 3~4번씩 좋은 사료를 주세요. 우유도 강아지 우유를 주도록 하시고요."

예방접종도 하고, 마이크로칩도 심고, 동네 주민센터에 강아지 입양을 신고하기 위해 서류도 받아 귀가했다. 나는 선생님의 말을 잘 듣는 엄마였다. 잘 먹이고 잘 재우며 아이가 잘 싸는 것을 보면 박수를 쳤다. 강아지가 조금씩 자라면서 하나의 걱정이 스멀스멀 몰려오기 시작했다. 내가 출근하고 나면 혼자 있을 시간 때문이었다. 오랜 시간을 혼자서 보내야 하는 게 너무 안쓰러웠다. 그래도 혼자보다는 둘이 덜 외롭겠지 싶어서 며칠 고민한 끝에 동생을 입양하기로 했다. 마리가 6개월 정도에 중성화 수술을 하고 며칠 뒤에 '두리'가 새 식구로 집에 왔다. 두리는 정말 작고 너무 예쁜 두 달 된 여자 말티즈 아가였다. 마리는 자기가 수술을 하고 아이를 낳은 것처럼 두리를 품에서 재우고 나오지도 않는 젖을 물리며 마치 엄마처럼 잘 보살펴 주었다. 어린 강아지의 모성애에 난 놀랐다. 아직 6개월밖에 되지 않는 어린 강아지가 8주 된 아기를 돌보는 것이 아닌가. 둘은 금방 친해졌고 건강하게 잘 커 나갔다.

강아지들은 내 삶을 바꾸어 놓았다. 난 소원대로 딸딸이 엄마가 됐고 아이들의 재롱을 보고 먹고 입히느라 너무 바빠져서 우울할 시간도 없었다. 일어나면 밥을 먹이고, 출근하기 전에 산책을 시키면서 똥오줌을 싸게 하고, 음악을 틀고 불을 켜 두고 출근했다. 일하면서 의사들이 소리를 질러도 그러거나 말거나 일이 끝나면 부랴부랴 아가들이 무사히 잘 있는지 집으로 향했다. 강아지들을 건강하게 키우기 위해 아파트에서 주택으로 옮겼고 뒷마당에서 셋이 햇볕을 쬐고 바닷가로 산책을 다니면서 살게 되었다. 어쩌면 상담 선생님은 내가 이렇게 바쁘게 살면서 외로운 것도, 우울한 것도 힘든 것도 잊고 살기를 바랐나 보다.

인생이란, 뭔가 책임질 일을 만들면 그렇게 살게 된다. 반려견과 함께 지내면 더 이상 그들이 애완동물이 아닌 가족이 된다. 내가 그들을 돌보는 것 같지만 사실은 그들이 날 더 좋은 사람이 되게 하고, 책임감 있는 엄마가 되도록 훈련시켜 주며, 진짜 무한한 사랑이 뭔지 몸소 보여준다. 한 번도 아이를 낳거나 가져보지 못한 내게 자식을 키우는 마음이 무엇인지를 선물해 주는 것이다. 하지만 두리가 5살도 미처 못 채운 채 불치병으로 무지개다리를 건넜다. 반려동물을 잃는 것은 제 자식을 잃는 것과 똑같은 고통을 준다는 연구결과를 나는 몸소 경험했다. 동생을 잃은 마리도 우울증을 앓았다.

다행히 1년 뒤에 마리는 '소리'라는 동생이 생기면서 우울증을 극복했고, 소리가 8살이 되도록 우리는 잘 살아오고 있다. 난 두 아이에게 약속했다. 끝까지 책임지겠다고, 마지막을 함께하겠다고. 이 아이들은 반려견을 넘어 나와 인생을 함께하는 가족이니까.

드라마가 아닌 나의 행복한 사랑

　새벽 2시가 넘어가는 밤인데도 나는 한국드라마를 오랜만에 정주행하고 있다. 한국을 떠나 살면서 한국이 그리울 때 해외에 사는 사람들이 하는 것 중에 하나가 종영된 한국드라마를 몰아서 보는 것이다. 그러면서 향수병과 외로움을 달래기도 하고 여자들은 특히 드라마 속 멋진 남자배우와 사랑에 빠지기도 한다. 아무리 나이가 들어도 설렘이라는 감정은 여전히 마음을 몽글몽글하게 한다. 새벽까지 드라마를 보고 있자니 몇 번의 사랑 중에 행복했던 내 과거의 추억이 고요하게 떠올랐다.

　언젠가 한국에 갔을 때, 늙어 죽기 전에 행복한 사랑은 꼭 한번 해야겠노라고 친구와 지인들에게 선포하고 좋은 사람 소개 좀 시켜달라고 졸랐다. 그러다 지인으로부터 한 남자를 소개받았다. 내 귀를 타고 흐르는 그의 전화 목소리가 라디오 방

송에나 나올 듯한 저음이어서 호감이 생겼다. 나는 만나서 커피를 한잔 하자고 제안했다. 처음 만났을 때 그는 체구는 크지 않았지만 셔츠를 구김 없이 말끔하게 다려 입었고 청바지를 입고 나왔다. 수줍음을 타는 듯했지만 중후한 목소리로 이런저런 이야기를 차분하게 말했고 호기심이 많은 나는 열심히 들었다. 대화를 해보니 소위 그는 뇌섹남이었고 영어에 대한 주제가 나오자 자신만만하게 대화를 했다.

뇌가 섹시하고 위트가 있는 그 남자는 매력이 있었다. 나는 시드니에 살고 그는 서울에 살았지만 거리 때문에 이 남자와의 만남을 놓치고 싶지 않았다. 나는 용감해졌고 먼저 사귀자고 말했다. 그는 물리적 거리를 염려하는 이성주의자였지만 시작해보자고 했다. 그렇게 우리는 연인이 되었고 소위 '롱디'라 불리는 장거리 연애를 시작했다. 우리가 조금 더 친해지자 그는 자신의 친한 후배들을 내게 소개시켜 주었고 함께 저녁을 먹고 술을 마시며 배꼽 잡고 웃을 수 있는 만남들이 이어졌다. 라이브가 흐르는 멋진 연남동 카페에서 술 마시며 함께 고래고래 노래를 불러댔고 친밀감은 노래를 부른 횟수만큼 쌓여 갔다.

잘 놀 줄 아는 남자를 만나는 건 시드니에서 외롭게 사는 나에겐 더할 나위 없이 행복하고 신나는 일이었다. 서울에 살지 않는 나를 위해 그는 맛있는 한국 음식과 재미있는 곳을 여기저기 구석구석 경험하게 해주었고 내 삶의 감성도 덩달아 풍

족해졌다. 그와 함께 보내는 시간이 좋고 근사해서 나는 그를 만나러 한국에 자주 왔다. 나는 좋으면 좋다고 말하고, 애정을 표현하며 적극적으로 그를 대했다. 이 행복한 시간이 내게 주어진 선물 같았고 온전히 그 시간 동안 최선을 다해 충실했다.

한겨울에 그의 호주머니에 손을 넣고 홍대 건널목을 건너고, 눈을 함께 맞고, 길거리에서 떡볶이를 사 먹던 추억, 홍대 2번 출구 스타벅스 앞에서 그를 기다리던 날의 소소한 데이트들이 나에겐 한 편의 특별한 드라마가 됐다. "오늘 저녁은 우리 뭐 먹어?" 하고 물으면 "비밀이야, 근데 실망하진 않을 거야" 하고 미리 생각해둔 근사한 곳으로 데려가던 그를 만나기 위해 기꺼이 비행기를 타고 10시간을 날아왔다. 오랜 비행시간이 내겐 설렘이었고 공항에서 기다리고 있을 그를 생각하면 가슴이 벅찼다. 아무리 피곤해도 그를 만나면 힘이 났고 너무 즐겁기만 했다.

김치도 담가서 잘 익었을 거라며 뚜껑을 열어 맛을 보여주기도 했고 과일을 나보다 더 잘 깎아서 가지런히 접시에 놓아주던 모습을 떠올리면 마치 아버지 같기도 했다. 곁에서 자신의 빨래를 가지런히 개는 모습, 청소하는 모습, 음식을 만드는 모습을 보면서 '이 남자랑 함께 살고 싶다'는 생각을 했다. 내가 보던 드라마는 보통 해피엔딩으로 끝나서 나는 우리의 연애 드라마도 해피엔딩일 거라 기대했다. 우리는 현실이었고 드라마와는 달리 그는 조금씩 장거리 연애를 극복하지 못했다.

알고 보면 그는 나보다 더 여리고 감성적인 남자였던 것 같다. 지금 생각해보면 그는 나를 시절인연으로 만났고 나는 그를 운명으로 받아들였다. 만남을 어떻게 받아들이냐에 따라 각자의 스토리의 결말은 달라지기 마련이다. 우리가 같은 도시에서 살게 되기도 전에 그는 각자의 길을 걷자고 말했다. 헤어질 때도 그는 어른스럽고 예의가 있었지만 운명이라 생각했던 나는 그러지 못했다. 그해, 나는 혼자서 동유럽 여행을 떠났고 프라하의 어느 도시에서 비 오는 날 커피를 마시며 그를 이해했다. 나는 후회 없이 그를 충실히 사랑했고 만나는 동안 참 행복했던 인생의 선물 같은 시간이었으니 그것이면 충분했다. 또 한 번 사랑의 실패가 아니라 성숙한 사랑을 배우는 과정이었던 거다.

코비드가 터진 후 2년이 다 돼가도록 나는 한국에 가지 못하고 있다. 덕분에 난 2년간 생각의 시간을 가질 수 있었다. 지나간 사랑은 날 더 성숙하게 만들었고 스스로를 더 사랑하게 되어 내 마음은 평온해졌다. 나의 성장은 나이에 비해 느리고 철이 없다는 생각을 한다. 호주에 살면서 남의 눈치를 보지 않아도 되고 남과 비교하지 않고 내 인생만 잘 살아도 된다고 믿고 있다. 그래서 난 50대에도, 60대에도 멋진 사랑을 할 기회가 오면 또 충실히 연애를 할 것이다. 우리가 살면서 반드시 해야 하는 것이 사랑이니까.

과거를 추억하는 동안 드라마가 끝나버렸다. 보다가 만 부분으로 다시 돌려보니 남녀 주인공이 데이트하는 장면이 나온다. 여주인공은 환하게 웃던 남주인공에게 걸으며 말한다.

　"좋은 기억, 그런 거 있잖아요. 일하려다 문득, 잠자려다 문득, 양치질하려다 또 문득, 생각하면 혼자 웃고 그런 기억. 진혁 씨 쿠바에서 만난 후로 그런 기억이 많아졌어요."

독서를 하면서 받은 네 가지 선물

호주에 와서 먹고살기 위해 영어 전공책만 20년을 넘게 보면서 살았다. 영어도 못 하고 너무 평범한데다 유일한 동양인이라서 더욱 지지 않으려고 악바리처럼 공부했다. 입에 풀칠하는 것을 해결하고 나니 그제야 마음이 허기지고 텅 빈 깡통처럼 머릿속에 든 게 아무것도 없다는 생각이 들었다. 안정적이고 변함이 없다는 것은 곧 퇴보를 의미하는 것임을 뒤늦게 깨달았다. 지금 생각해보면 난 한 가지밖에 모르는 바보였다. 독서를 시작했고 4년이 넘는 시간 동안 700여 권이 넘는 책을 읽었다. 시간과 노력은 거짓말을 하지 않는다. 책들을 통해 내 인생의 한 틀을 바꿀 만큼의 지혜를 배우고 있고 적어도, 한 가지만 알던 바보에서 벗어날 수 있었다. 그리고 독서를 통해 가장 크게 달라진 건 생각과 행동이다.

첫째, 감사일기를 쓰면서 긍정적인 뇌로 바뀌었다.

오프라 윈프라의 책 『내가 확실히 아는 것들』이라는 책을 읽고 그녀에 대한 존경심이 생겼다. 엄청난 용기를 가진 여인이었고, 스스로를 사랑했으며, 매일 감사일기를 쓴다는 걸 배웠다. 난 오프라 윈프리의 삶에 감동받아 4년이 넘는 시간 동안 그녀처럼 감사일기를 써오고 있다. 2년 전부터는 감사일기를 함께 써갈 멤버를 모아 함께 쓰고 있으며 그 이야기를 모아 작년에 『하루 세 번 감사의 힘』이라는 제목으로 출간했다. 나와 함께했던 100명이 넘는 감사일기 멤버들은 각자의 삶에서 긍정적인 일들을 수도 없이 경험했고, 특히 삶을 대하는 태도가 변화된 사람들도 많았다. 물론 나 역시 큰일을 겪어도 무너지지 않고 잘 버텨오고 있다.

둘째, 20년 동안의 외로움이 기적처럼 사라졌다.

내가 원하는 것에 집중하면 내가 원하지 않는 것은 관심을 받지 못하니 나를 떠나게 된다는 론다 번의 말은 정말 맞았다. 난 시간을 아껴서 지식을 갈구하고 탐구했으며 내가 모르는 것들을 알아가는 데에 집중했다. 내 마음과 정신을 잔인하게 갉아먹던 그 처절했던 외로움은 내가 독서 때문에 바빠지자 나를 떠났고 대신 책 속의 많은 스승의 생각과 철학들로 내 마음이 채워지기 시작했다. 나폴레온 힐, 디펙 초프라, 마이클 싱어, 브라이언 와이스, 김승호 선생님 그리고 사이토 히토리의 책들을 비롯해 많은 책을 읽었다. 난 행복하길 원했고 행복해지는 방법을 책 속에서 찾으며 행복에 집중했다. 그러면서 천천히 알게 되었다. 구체적으로 생각하고 매일 상상하면 생각한 대로 돌아가도록 무의식적으로 노력하게 되고 우주의 에너지가 그 생각을 도와 결국 현실로 이루어져 세상에 나오게 된다는 것을. 우리가 생각을 얼마나 주의 깊게 하고 말을 조심해야 하는지 많은 책이 반복해 알려주고 있다. 나에게는 가장 최대의 적이었던 외로움이 사라진 게 독서가 준 가장 고마운 선물이다.

셋째, 사후생을 이해하게 되었다.

엘리자베스 퀴블러 로스의 책 『사후생』이라는 책을 읽은 후 죽음 뒤의 세계가 존재한다는 것을 알게 되었다. 죽음을 경험하고 돌아온 환자들, 유체이탈, 죽음 이후의 삶, 죽은 자와의 대화, 죽기 전에 경험하는 것들을 엘리자베스 퀴블러 로스의 책 속에서 경험으로 연구로 이야기되고 있었다. 그녀의 마지막 책 『생의 수레바퀴』에서 그녀가 경험한 유체이탈, 죽음 이후의 존재들과의 대화, 죽어가는 아이들과의 대화 등을 통해 그녀가 알려주려 했던 강렬한 메시지는 결코 죽음이 끝이 아니며 우리는 살아있는 동안 무한하게 사랑하며 살아야 한다는 것이다.

응급실 동료가 집에서 자기도 모르는 어린아이를 자주 목격했다는 것도, 빈 심폐소생술 방에 꺼져 있어야 하는 모니터가 혼자서 움직이는 것도, 손으로 켜지 않으면 절대 켜지지 않는 등이 몇 번씩 켜졌다 꺼졌다 했던 것도, 환자가 돌아가신 후 누군가 내 곁을 돌아다니는 것 같은 그 느낌도, 그리고 아무도 없는 심폐소생술 방에서 물품을 정리하고 있을 때 누군가 내 뒤를 지나가는 듯한 느낌도 이해가 가는 듯했다. 28년 동안 응급실 생활을 하면서 내가 스스로 느끼고 살았지만 답을 알 수 없던 것들이 어렴풋이 무엇인지 이제는 알 것 같다. 아끼던 친구들의 부모님 임종을 함께 지켜드린 것도 우연이 아님을, 생을 살아오면서 필요치 않은 경험이란 아무것도 없다는 것을 이해하게 되었다.

마지막으로, 가장 강력한 힘이 '기도'임을 알았다.

나는 내 가족을 포함해 내게 소중한 이들을 위해 기도한다. '이렇게 해주세요, 저렇게 되도록 도와주세요' 하는 갈구의 기도가 아니다. 난 그들을 위해 행복한 상상을 한다. 곧 만날 반가운 가족, 친구들과 행복한 시간을 보내는 상상을 하며, 그들이 행복해하고 만족하며 더없이 잘되어 기뻐하는 모습을 상상하고 축복하며 감사하는 기도를 한다. 지구의 상황이 어떻든 나는 내 방 안이나 침대 안에서 호흡을 가다듬고 가만히 앉아 내 안에서 느껴지는 가장 좋은 에너지 파장들을 내 사랑하는 가족과 친구들에게 기도하며 보낸다. 거리는 중요하지 않다. 시간도 중요하지 않다. 마음의 파장은 전해지며 작동한다고 믿는다. 기도의 힘은 대단하다. 사람의 마음을 움직이고 생각을 바꾼다. 그렇게 기적도 일으킨다. 이 모든 것들을 책을 통해 배웠으며 실제로 기도의 결과를 많이 체험했다. 나는 누구보다 기도의 힘을 믿으며 책 속에서 올바른 기도 방법을 찾았고 책대로 실천하면서 산다. 『절대기도의 비밀(그렉 브레이든)』과 『소망을 이루어 주는 감사의 힘(닐르 C. 넬슨)』만을 잘 읽고 실천해도 긍정적인 삶이 되리라 믿는다.

아직 읽어야 할 책들과 깨달아야 할 길이 너무나도 멀다. 그리고 독서 모임을 하면서 비판적으로 책을 읽는 방법도 몇 년 동안 훈련을 했다. 가끔은 왜 내가 더 일찍 이런 공부를 하지 못했는지 후회스럽다. 하지만 내가 존경하는 루이스 헤이도 반평생을 그렇게 상처받고 40대 후반에도 갈팡질팡했지만 50세에 첫 책을 내고 60세에 헤이하우스와 헤이재단을 설립했고, 70세에 어린이 미술수업에 등록해 미술을 배웠으며 87세 때 첫 번째 공개 전시회를 열었다. 10년씩 나이를 먹을 때마다 그 나이만의 지혜와 선물이 생긴다고 믿으며 몸과 마음이 아픈 사람들을 치유하면서 아름답게 살다 갔다. 늦게라도 독서를 시작한 것에 나는 감사하며, 10년 뒤 나에게 주어질 지혜와 선물을 기대하며 행복한 마음으로 기도한다.

진심이 되어 돌아온 부메랑

올해 생일 아침, 존경하는 친구에게서 전화가 왔다. 우리 집으로 오고 있고, 21분이면 도착할 거라고 했다. 생일이니까 침대 안에서 널브러져 재미있는 한국드라마에 푸욱 빠져 있다가 번개를 맞았다. 치우지 않은 집, 아무렇게나 널브러진 옷들, 정리 안 된 식탁… 벌떡 일어나 지저분한 집을 20분 만에 어떻게 치우나 고민하다가, 그냥 다 포기하고 뒷마당에 나가서 주렁주렁 열려있는 레몬 나무에 사다리를 놓고 올라갔다.

"얘들아, 멀리서 날 위해 오는 분을 그냥 보내드릴 순 없잖아? 니들이 감사한 손님과 그분의 가족을 위해 멋진 비타민이 되어주렴. 탱탱하게 자라주어 정말 고맙다."

주렁주렁 자란 레몬에 인사를 하며 레몬을 땄다. 밖에서 종소리가 울렸고, 그녀는 예쁜 꽃을 들고 환하게 웃으며 집순이 차림의 나를 반갑게 축하해 주었다. 생일이니 주고 싶었다며 해산물과 전복이 들어간 미역국, 직접 담근 김치와 총각무, 절인 고추 그리고 찰진 집밥에 먹고 싶었던 떡까지 정성스럽게 한아름 싸 가지고 왔다. 열어서 보여주는데 주책없이 눈물이 왈칵 흘러내렸다. 초라한 더벅머리 집순이의 내 모습을 빛나게 해준 이 친구의 마음이 좀처럼 눈물을 보이지 않는 내 가슴을 흔들었다. 호주에서 혼자 사는 나의 마음을 알아줘서 뜨거운 감사의 눈물이 흘렀다.

그녀는 내가 고마웠다고 했다. 얼마 전에 가족같이 아끼던 직장의 매니저가 갑작스럽게 아파서 혼자 입원을 하고 우리 병원에서 응급수술을 했다. 코로나 때문에 보호자 한 명도 들어오지 못하는 규정이 생겨 남편이 병원 밖에서 발을 동동거리기에 한두 번 만나 괜찮을 거라고 말해준 것뿐인데 그게 그리 고마운 일이었던 걸까…. 나는 그의 마음을 이해해준 것뿐이고 이미 그녀의 남편에게 감사하다고 한국커피를 한 움큼 선물로 받았다. 내가 한 일에 비해 그녀는 너무 많은 선물을 준비했다. 그나마 나쁘게 살지 않았나 보다. 축복이 넘치는 특별한 하루를 선물 받았다.

호주에 살면서 인종차별도 당해보고, 외롭고, 고통스럽고, 아팠던 기억을 많이 가진 사람이라서인지 신은 내게 선물 같은 공감력을 주셨다. 지난 3년 동안 이곳에서 유학하는 한인 간호학생들과 간호사들을 조금씩 도왔다. 봉사하면서 내가 스스로 약속한 한 가지는 '아낌없이 내어주고 아무것도 절대 바라지 말자'였다. 어쩌면 간호사라는 직업 때문에 누군가를 케어하는 마음이 자연스럽게 장착되었는지도 모르겠다.

"쌤, 저 하루 만에 영주권 나왔어요. 정말 믿기지가 않아요. 쌤 정말 그동안 감사했습니다. 엄마한테 전화하고 바로 쌤한테 전화드리는 거예요. 쌤 아니었음 저 이거 받지 못했을지도 몰라요. 꼭 알려드리고 싶었어요."

"선생님 저 취직 합격했어요. 엄마한테 전화하기 전에 선생님께 가장 먼저 전화했어요. 선생님 인터뷰 연습 도와주셔서 너무 감사드려요. 앞이 막막했는데 선생님을 만난 건 정말 제겐 행운이에요. 영원히 잊지 않을 거예요."

이런 전화를 받으면 가슴이 뭉클하고 마치 내 딸이 취직된 것처럼 너무 기뻐서 나도 눈물이 나곤 했다. 바라지 않아도 반가운 소식이 선물처럼 다가오고 아이들의 고맙다는 말 한마디가 봉사를 계속하도록 용기를 주었다.

며칠 전에 읽은 밀라논나, 장명숙 선생님께서 내신 책 『햇빛은 찬란하고 인생은 귀하니까요』를 보면 선생님이 고아원에서 30년을 봉사 중이시고, 일주일에 하루는 남의 이야기를 들어주기 위해서 시간을 쓰시고, 심지어는 장기기증서약에도 서명을 하시어 살아 계시는 동안 몸을 소중히 다루시고 건강을 유지하신다고 한다. 겸손하시고 진심이시고 꾸준히 나누어주시는 인생의 멘토를 책을 통해 우리는 때가 되면 성장의 길에서 만나게 되는구나 느꼈다. 내가 모르겠고 답답한 인생의 질문들도 때가 되면 답이 되어 돌아온다. 책을 통해서든 유튜브를 통해서든 사람의 말을 통해서든 자연에서든 말이다. 그 답들이 나를 아름다운 길로 이끌 것이며 언젠가는 어떠한 형태로라도 내가 나눈 것의 배 이상으로 더 기쁘게 받을 것임을 알고 있다. 봉사와 나눔은 알고 보면 우리를 연결시키고 더 좋은 사람들을 만나게 하고 마음의 부자가 되도록 돕는다, 밀라논나 할머니처럼.

선물 받은 미역국과 집밥을 전자렌지에 데워 손수 만든 총각무와 함께 한술을 뜨는데 마음이 뭉클하면서 또 눈물이 났다. 난 눈물의 미역국과 총각무를 참 맛있게도 먹었다. 쫄깃한 전복과 미역국은 입속으로 들어갔고 미역국의 향기와 그녀의 고마움은 마음속으로 들어가 콕 하고 박혔다. 쫄깃한 전복을 씹으면서 엘리자베스 퀴블러 로스가 그녀의 일기장에 썼다는 이 말이 생각났다.

'우리들 각자의 내면에는 상상도 할 수 없을 미덕이 숨겨져 있다. 대가를 바라지 않고 베푼다는 미덕, 판단하지 않고 귀기울인다는 미덕, 무조건적으로 사랑한다는 미덕이….'

chapter 05

Australia

인생의 가장 좋은
것을 기다리는 일

조소연

가위바위보

"가위, 바위, 보!"

"거봐, 내가 이겼지?"

거실 구석에 놓여있던 사이다병을 놓고 동생과 누가 먼저 입을 댈지 삼세판으로 겨루는 중이다. 우리 가족은 새 집으로 이사를 했고 그 이후 그 집은 내 인생에서 가장 못된 집이 되고 말았다. 당시 아빠는 건축일을 하셨다. 이층집을 짓고 파셔서 수익을 남기시고 또 다른 이층집을 지으셨다. 우리 가족은 집이 지어지고 팔리기까지 으리으리한 새 집에서 살 수 있는 호사를 누렸다. 계단이 많은 이층집은 6살인 나와 4살배기 동생에게 신나는 놀이터였다.

한번은 동생과 뛰어놀다 계단에서 굴러 앞 치아가 몽땅 부러지는 대형사고를 치고 말았다. 자지러지게 우는 소리에 엄마가 달려와 나를 들쳐업고 병원으로 내달리셨다. 의사선생님은 입 안에서 산산조각난 치아들을 제거하고 빨간약을 발라주셨다. 엄마에겐 빠진 이들이 유치라 다행이니 걱정 말라고 하셨다. 집으로 오는 길에 엄마는 목욕탕에 가야만 먹을 수 있는 노란 바나나우유를 사주셨다. 아직 입 안이 얼얼하고 아팠지만 소중한 우유가 금방 사라질까 온통 빨대에 정신을 집중했다. 엄마는 이가 없는 자식을 위해 매일 죽을 만드셨다. 두부나 계란 같은 부드러운 재료로 만든 죽을 먹느라 멸치 장아찌는 한동안 내 밥상에서 자취를 감췄다. 난 그렇게 엄마의 특별식으로 생명줄을 연장할 수 있었다.

2살 어린 내 남동생은 큰형, 누나보다 나를 더 잘 따랐다. 그날도 동생과 나는 방과 방을 뛰어다니며 술래잡기를 하고 있었다. 숨어야 할 동생이 방 한쪽 구석에 사이다병을 발견하고는 그 앞에서 얼음이 되어 있었다. 70년대 후반쯤만 해도 어린 아이들이 흔하게 먹을 수 없는 탄산음료는 큰 호기심을 불러일으켰다.

나와 동생은 사이다병을 앞에 두고 누가 먼저 먹을지 가위바위보로 정하기로 하고 삼세판을 2번 더 연장한 다음, 결국 내가 빛이 나는 사이다병을 번쩍 들어올렸다. 동생의 부러운 눈초리를 뒤로하고 고개를 젖혀 목구멍을 최대한 크게 벌려 사이다에게 길을 열어주었다. 사이다가 목구멍을 타고 가다 멈추고 난 그 자리에서 쓰러졌다. 그 시간 이후 아무것도 기억나지 않는다.

한나절 낮잠을 자고 일어나듯 내가 눈을 떴을 땐, 벌써 일주일이 지난 상태였고 코와 목에 여러 개의 호스가 연결되어 있는 것도 모자라 내 팔 여기저기에 주삿바늘이 꽂혀 있었다. 내 곁에서 묵주기도를 하는 엄마가 보였다. 나는 몸을 움직일 수도, 소리를 낼 수도 없었다. 다시 눈을 감았다.

'분명 사이다를 마셨을 뿐인데 난 왜 이렇게 아픈 거지?'

감은 눈에 눈물이 고였다. 내가 다시 눈을 떴을 때는 엄마, 아빠가 알아보고 의사를 불렀다. 엄마는 여전히 손에 묵주를 쥐고 있었다. 다시 눈을 감고 뜨기를 반복하고 눈을 뜨면 형제들과 친척들이 주위를 둘러싸고 있었다.

그리고 며칠이 더 지났을까. 눈을 뜨니 이번엔 하얀색 가운을 입은 의사선생님들과 간호사 언니들이 보였다. 전에 큰오빠가 맹장수술을 했을 때 왔던 그 대학병원인 것 같았다.

"오늘은 많이 좋아 보인다. 말을 할 수 있겠니?"

"…"

선생님은 엄마, 아빠에게 며칠 더 지켜보자고 얘기했고, 간호사 언니는 호스에 무언가를 넣었다. 그 무언가가 호스를 타고 마지막 종착지인 뱃속으로 쑤욱 들어갔다. 역겨운 기분이 들었지만 엄마가 옆에서 지켜보기에 꾹 참았다. 다행히 내 컨디션은 나날이 좋아져 걷고 말하며 여느 7살 아이로 서서히 돌아오고 있었다. 난 환자복을 입지 않아도 되었고 자유롭게 동네 놀이터에도 갈 수 있게 되었다.

그날의 사이다병엔 톡 쏘는 청량음료 대신 사람이 마시면 살과 뼈가 녹아버린다는 염산이 담겨 있었다고 했다. 집 공사를 하시던 아저씨들이 쓰다 남은 염산을 깜빡 잊고 집 안에 두고 가버린 것이었다. 난 정말 운이 좋게 살아남았다. 하지만 어린 나이에 식도협착증이라는 병명을 달고 건더기 없는 국과 미음만 먹어야 했다. 계단에서 이빨을 몽땅 잃었던 순간보다 더 처절하게 배고픔과의 사투를 벌여야 했다. 밥상 앞에서 닭똥 같은 눈물을 뚝뚝 흘리는 내 모습에 가족 어느 누구도 쉽게 밥 수저를 들지 못했다.

그렇게 나약하고 소심한 어린시절은 지나가고 나름 살기 위한 노하우가 생겼달까. 오직 밥, 계란찜, 두부조림뿐인 도시락 반찬으로도 중고교 학창시절을 무사히 보낼 수 있었다. 가끔 도시락으로 반 친구들의 놀림을 받아도 의연하게 못 들은 척 오직 씹고 삼키는 일에만 집중하며 적당히 무시했다. 쉬는 시간마다 우유나 두유를 들이키며 고픈 배를 달랬다. 암기나 수학문제 푸는 것에 집중력이 떨어져 공부를 못 해도 나는 적어도 나를 부끄러워하지 않았다. 죽었다 살아난 사람이다, 난. 사람은 믿는 대로 살아진다. 난 다행히 유리멘탈은 아니었다.

고등학교를 졸업한 해에 병원에서 연락이 왔다. 의학의 발전으로 식도협착을 고칠수 있는 새로운 길이 열렸으니 당장 입원하라는 지시였다. 정확히는 20살이 되던 5월, 난 다시 수술대 위에 올랐다.

시계를 다시 돌려 7살 사이다병 앞의 꼬마로 돌아갔다. 2살 어린 동생과 난 가위바위보를 하며 사이다병을 탐낸다. 우리가 싸우는 소리에 엄마가 방으로 들어오셨다. 엄마는 냄새를 맡아 보더니 큰일이라도 나겠다는 듯 사이다병을 들고 밖으로 뛰쳐 나가셨다. 그리고 그날 우리에겐 아무 일도 일어나지 않았다.

괜찮다, 지금은 아니더라도

그녀의 손목에 달린 현란한 액세서리들이 부산히 움직이며 컴퓨터에 뭔가를 입력한다. 인공수정(시험관 시술)을 잘한다는 스페셜 닥터와 마주앉아 50대 그녀의 풍만한 몸매, 잘 다듬어진 눈썹과 손톱 그리고 두툼한 다섯손가락과 손목에 감겨 있는 금덩이를 바라본다.

"왜 이제야 온 거죠? 결혼을 42살에 했고, 3년이나 지난 이 시점에요?"

40줄인 난 무지하게도 결혼하면 바로 애가 들어서는 줄 알았다. 평소 건강하게 달거리도 정확하게 하고 있으니 내 자궁도 요이땅 준비가 되면 언제든 부풀어 오르는 줄 알았다.

"나이가 많아 힘들어요, 아시죠? 확률이 정말 낮아요. 비용은 나이가 많아 천만 원인 건 아시죠? 인공수정 말고 제가 권해

드리고 싶은 건 혹 자매가 있으면 난자를 제공받든가, 대리모를 알아보라는 거예요. 아이를 갖고 싶으면 말이죠."

나는 그때 말에다 독을 담을 수도 있고 칼을 품을 수도 있다고 생각했다.

"선생님 그래도 마지막 기회라 생각하고 한번 해보고 싶어요. 인공수정 성공률이 1%라도, 그 1%에 임신이 되면 100%인 거잖아요."

창문으로 들어오는 햇빛에 번쩍이는 액세서리들은 피검사와 초음파 결과를 클릭하고 있었다.

"근종도 많고, 다행히 아기집쪽엔 근종이 없어도 확률이 1%도 안 돼요. 내가 이렇게 말한다고 기분 나쁘게 생각하지 말아요. 난 항상 팩트만 얘기하지 헛된 희망을 주진 않으니까요. 그래서 전 항상 100%의 성공률을 가지고 있고요, 알겠어요?"

머릿속에서 어릴 적 봤던 만화가 생각난다. 길을 걷다 실수로 벽에 머리를 꽝 부딪치면 머리 위에 새들이 날아다니는 모습 말이다. 저 여자의 뺨을 한 대 치면 그 새들을 볼 수 있으려나. 그런 상상을 하니 속은 좀 시원하다.

"다음 번 진료엔 남편과 함께 오세요. 피검사도 할게요."

진료실에서 나와 예약을 잡기 위해 통화 중인 리셉션 직원을 기다리고 있었다. 치렁치렁한 액세서리가 전부인 닥터를 보기 위해 옹기종기 자기 순서를 기다리고 있는 예비 엄마, 아빠들이 눈에 들어온다. 모두들 100% 성공을 바라며 내년엔 아이와 함께할 희망을 품고 말이다. 그중에는 꽤 젊은 여자들도, 나이 든 커플도 보인다.

　병원을 나와 터벅터벅 정류장으로 향했다. 갑자기 쏟아지는 눈물이 안경에 고이고 손가락 사이로 흘러나온 눈물이 갈 곳을 잃은 채 여기저기 흩어진다. 혼자 와서 다행이었다. 어차피 한 번은 게워내야 한다. 아무도 없는 벤치에 앉아 얼굴을 손으로 감싸며 그렇게 한참을 있었다. 누구에게나 하나씩 있을 법한 아픔이다. 어떤 통증은 오롯이 나 혼자 아파야 하며 누구의 위로도 필요없음을 안다. 그래도 이 순간에 떠오르는 사람이 있었다.

　'엄마.'

　핸드폰 속에 저장된 요양원에 계신 엄마에게 전화를 건다. 신호음 소리가 나고 망설이다 난 얼른 전화를 끊어버린다. 우는 딸의 모습을 보이면 안 된다. 친구에게 전화를 돌렸다. 나 대신 싸대기를 날려 줄 수 있는 튼튼한 주먹을 가진 친구, 그녀의 입에서 0.001초 단위로 거하게 육두문자가 날아온다.

　"내가 갈게. 거기 어디야?"

　친구의 말 한마디에 다시 눈가가 젖어왔다. 지금은 그냥 혼자이고 싶다.

　어릴 적 엄마를 따라 주일마다 성당에 다녔다.

　'내 탓이요, 내 탓이요, 내 큰 탓이로소이다.'

　모두 일어나 가슴을 세 번 치며 읊조리는 어른들의 행동이 참 이상하다고 생각했다.

'3년 전에만 왔어도 난 임신할 가능성이 있었는데… 내가 멍청했어, 내 잘못이야, 내가 다 망쳐놨어.'

눈을 감고 그 세 번을 읊조리며 가슴을 세게 쳤다. 참회가 아닌 비난으로 말이다.

다음 번 예약일에 남편과 함께 갔다.

"피검사를 보니, 남편께선 아무런 문제가 없어요. 어리셔서 그런지 정자가 아주 건강하네요. 문제는 아내쪽이에요. 다시 한번 말하지만 확률은 엄청 낮지만 그래도 인공수정을 원하시면 해드릴게요."

만일 그녀가 어릴 때 결혼해서 아이들을 순조롭게 낳았다면 나 같은 고위험 노산의 여자가 왜 그 나이에 아이를 원하는지, 그 간절한 마음은 잘 모를 것이다.

"우리 다른 의사 알아보자. 그 의사 맘에 안 들어. 쥬얼리가 투머치야."

저녁을 먹으며 남편이 말한다. 같은 집에서 한솥밥을 먹은 지 3년이 지나니 말을 안 해도 서로에게 필요한 게 무엇인지 알게 되는가 보다. 나는 이 남자를 닮은 아이를 안겨주고 싶은 마음을 가득 담아 인공수정이 성공하기를 간절히 기도하며 병원으로 향했다.

"환자분, 정신이 드세요?"

앞이 희미하게 보이고 꿈에서 깨어난 듯 정신이 몽롱했다.

아직 수술대 위에 누워있는 초라한 내 몸뚱이를 하나씩 움직여 본다. 두 간호사의 목소리가 간헐적으로 들리고 눈을 반쯤 뜨니 낯선 수술방 천장이 보였다.

"착상은 잘 되었으니 일단 지켜봅시다. 수고했어요. 회복실에서 3시간쯤 있다가 보호자분 오시면 집으로 가시면 됩니다."

간이침대로 옮겨져 회복실로 이동했고 내가 볼 수 있는 건 수술실과 회복실 사이의 하얀색 천장이었다. 전쟁 영화에서처럼 다리에 총상을 입은 채 들것에 실려 군병원으로 후송되고 애국자의 목에 걸리게 될 꽃다발을 상상하며 안도감에 젖었다. 조용히 눈을 감았다. 배란유도주사를 내 배에 직접 놓으며 구전동화처럼 '금 나와라 뚝딱! 은 나와라 뚝딱' 내 몸에서도 아이가 뚝딱 나와 주기를 기다렸던 순간이 떠올랐다. 그렇게 열흘 동안 스스로 주삿바늘을 찔러 대며 참고 기다려야 했다.

착상 시술을 한 지 2주가 됐다. 그동안 초음파와 피검사를 하며 착상이 잘 유지되고 있음을 확인했다. 오롯이 내 몸에만 집중하며 걷기운동과 착상에 좋은 요가와 식이요법을 병행했다. 매 순간 내 몸에 붙어있는 아기에게 내 일거수일투족을 보고하며 형태도 잡히지 않은 우주에서 온 아이에게 끊임없이 대화를 시도했다. 그때의 난, 행복하게 엄마로 살았던 시간이었다.

이른 아침, 남편은 출근 준비를 하고 새벽에 잠을 설친 난, 도저히 일어날 수 없었다. 더 자라고 이불을 덮어주고, 뽀뽀를 하고 방을 나서는 신랑의 뒷모습을 보며 잠이 들었다. 얼마나 더 잤을까, 몇 시쯤 됐을까. 갑자기 배가 아프기 시작했다. 평소에 생리통이 없었는데 생리통처럼 아랫배가 뻐근하다. 잠시 근육통이 온 거라 생각하며 옆으로 몸을 돌렸다. 30분쯤 지났을까. 배는 더 아파 오고 화장실로 자리를 옮겼다. 피가 보인다. 점점 차오른다. 멈추지 않는 피에 덜컥 겁이 나고 무서웠다. 눈물이 솟구친다. 겨우 2주 품어본 내 아가가 떠난다. 택시를 불러 병원으로 향했다. 내 몸엔 아무것도 없었다. 집으로 돌아온 나는 침대에 쓰러져 하염없이 울었다. 우리 집 고양이 똘똘이가 침대로 올라온다. 그녀는 내 가슴에 조용히 앉는다.

'괜찮아, 괜찮아. 엄마는 최선을 다했어.'

어느덧 저녁이 되어 주섬주섬 일어나 저녁준비를 했다. 밥맛은 없었지만 신랑을 위해 뭔가를 해야 했다. 밥을 짓고 야채를 썬다. 퇴근한 신랑이 문을 열고 들어왔다. 눈물이 나와서 그를 쳐다볼 수 없었다. 뒤돌아볼 수 없었다. 큰소리로 내 이름을 부르며 다가오는 그 사람에게 난 아무것도 줄 게 없다.

"토니야, 왜 그래? 왜 울어? 안 된 거야? 병원 갔었어? 왜 전화 안 했어. 괜찮아, 괜찮아. 진짜 괜찮아. 우리 애 없어도 돼. 걱정 마. 없으면 없는 대로 우리끼리 살면 돼."

나를 안고 어깨를 토닥이며 내 눈물을 닦아준다.

"넌 이미 아들이 있잖아. 나, 내가 아들이잖아. 그러니까 괜찮아."

괜찮다. 이보다 더 위로가 되는 말이 있을까.

언젠가는 괜찮아지겠지. 지금은 아니라도.

저녁을 먹고 다시 잠을 청한다. 나에게 잠시 왔다 간 아이에게 미안하다. 부디 좋은 부모 만나길…. 투 윅스 맘, 나에게 와줘서 엄마로 살게 해줘서 고맙다.

당신은 나의 럭키

약속장소에 가기 위해 학창시절 100미터 달리기 17초의 위력을 발휘하며 선착장으로 내달렸다. 배를 놓치면 30분을 기다려야 하기에 다행히 배가 뜨기 전 제2의 필살기인 높이뛰기를 해 가까스로 올라탈 수 있었다.

"럭키 걸!"

뱃줄을 감던 호주 아저씨가 엄지를 번쩍 치켜든다. 내가 사는 맨니는 시드니에서도 바닷가가 많은 관광지이며 시티로 나가기 위해선 페리를 타야 하는, 다소 비싼 교통비용을 지출해야 하는 곳이다. 난 알바를 두 개씩 하며 생활비와 학비를 버는 가난한 외국인 유학생이었다. 페리에 올라타 바다가 잘 보이는 곳에 앉았다. 땀을 닦으며 숨을 몰아쉰다. 신었던 쪼리를 벗어던지고 가방에서 낮은 구두를 꺼내 바꿔 신었다.

'이게 얼마만의 소개팅이야.'

공부하며 먹고살기 바쁜 호주 생활에 연애란 사치였다. 아니다. 사실 난 남녀 간의 영원한 사랑, 행복한 결혼 따위를 믿지 않는다. 아마도 부모님의 불행한 관계를 보고 자라서인지도 모르겠다. 아버지는 가정에 대한 무책임함과 외도로 엄마와 자식을 힘들게 했다. 그리고 몇 년 후에 빚을 남기고 돌아가셨다. 때문에 나는 스무 살 이후 남자와의 연애가 어려웠고 항상 도망 다녔다. 어쩌다 맘에 들어 사귀게 되어도 '이 사람도 바람을 피우겠지, 날 힘들게 할 거야'라고 지레짐작한 채 한 달을 넘기지 못했다.

창밖을 바라보다 문득 내가 잘하고 있는 건지 조금 마음이 흔들렸다. 외국생활은 참 외롭고 서글프다. 가족이 없으니 마음 한곳이 늘 뚫려 있는 터널 같다. 홀로 바람을 맞아야 하고 때로는 스스로 바람막이가 되어야 한다.

'외롭다.'

내가 소개팅에 나선 이유였다. 가끔 누구를 만나 그 허한 기분을 채우고 싶었다. 페리는 도시로 이어지는 선착장에 도착했고 사람들은 내릴 준비를 하고 있었다. 소개팅에 나간다고 했을 때 친한 친구가 한 말이 귓가에 맴돌았다.

"외로울 때 사람 만나는 거 아니야. 이상하게 꼬이다 결국엔 헤어진다."

모든 사람은 외로우니까 연애를 시작하는 거 아닐까. 친구의 말이 떠올라 갑자기 마음이 복작이다가 저 앞에 나를 보고 반갑게 웃는 한 남자를 발견했다. 인도에서 온 그는 키 167에 다소 마른 체형, 막냇동생 셔츠를 입고 나온 듯 딱 붙은 모습이 좀 우스꽝스러운, 한마디로 전혀 내 타입이 아니었다.

"안녕, 나 안토니아인데 너 해리 친구?"

난 속으로 아니라고 외쳤지만 이내 그의 안내로 시드니의 유명한 팬케이크집에 도착했다. 과일과 아이스크림으로 치장한 두툼한 홈메이드 팬케이크가 내 앞에 놓인 순간 그 사람의 외모는 아무런 문제가 되지 않았다. 영어 이름이 럭키인 인도 남은 부지런히 이야기를 이어나갔다.

'아, 이 남자 참 말 많네.'

"넌 형제가 몇 명이야?"

나는 팬케이크를 폭풍 흡입하며 그에게 물었다. 남자형제만 네 명이라며 인도남은 그때부터 어릴 적 아빠가 일주일에 한 번 닭을 잡아오시면 엄마가 요리를 하고 자기는 마지막 옵션인 닭모가지를 먹었다는 것으로 시작해서, 소는 힌두교의 신성한 동물이라 인도에 살면서는 한 번도 먹어보질 못했고 집집마다 대문 앞에 보시처럼 소들을 위해 음식을 둔다고 했다. 듣고 있자니 내가 그 멀고먼 인도를 한 바퀴 돌고 온 기분이 들었다.

밥을 먹고 스타벅스에 들러 모카커피를 테이크아웃해 오페라하우스를 걸었다. 달빛과 어우러져 그럭저럭 괜찮은 첫 만남이었다. 그와 헤어지고 다시 페리를 타고 집으로 오는 배 안에서 그를 떠올렸다.

'남자친구하기엔 글쎄… 그냥 친구나 삼자.'

그다음 날 럭키에게 연락이 왔고 그렇게 친구로서의 만남이 시작되었다. 럭키는 어느 회사에 회계사로 일하고 있었고 서큘러키 근처라 퇴근시간에 맞춰 내가 나가는 날이 종종 있었다. 말 많은 이 친구는 내 남동생을 떠올리게 할 만큼 짠돌이었다. 한번은 월급을 받았다며 한 턱 쏜다기에 기대하고 나갔다. 그는 내 손을 잡고 맥도날드로 향했고 그곳에 가장 비싼 세트 메뉴를 들이밀었다. 컴퓨터를 잘 다루는 그는 길거리에 버려진 컴퓨터를 주워다가 고쳐서 쓰고, 버려진 가구도 깨끗하게 닦아 쓰는 알뜰맨이었다.

그렇게 친구로 만난 지 석 달이 되던 어느 날이었다. 그날 그에게 사귀자는 프로포즈를 받고 머릿속이 복잡해졌다. 사실 럭키는 만날수록 좋은 사람이었고 재밌는 사람이었지만, 남자로서 그가 멋져 보이지는 않았다.

"난 네가 좋은데, 내가 남자로 보이지 않는다면, 친구로는 지낼 수 없을 것 같다."

그는 생각보다 단호박이었다. 그렇게 악수를 하며 석 달의 만남을 접고 우린 헤어졌다. 차라리 잘된 거라 생각하며 난 다시 일상으로 복귀했다. 그런데 어느 날부턴가 난 그를 떠올리는 일이 늘어만 갔다. 그와 주고받았던 문자들을 곱씹어 읽어보고는 보고픈 마음에 눈물을 흘리는 날도 많았다. 럭키를 생각하면 그랬다. 평생 기념일에 맥도날드 세트메뉴만 먹어야 된대도 괜찮고, 누군가 내 옆에서 종일 재잘거려도 그 사람이 럭키라면 참을 수 있을 것 같았다. 그 말 많은 짠돌맨 인도 남자를 그리워할 줄 누가 알았겠는가.

이별 후 6개월이 지났을 때 아무에게도 말할 수 없는, 그러니까 심각한 무기력증에 침대에 누워 잠만 자는 시간이 늘어갔다. 입맞춤 한번 안 한 그가 너무 그리워서 밤새 눈이 퉁퉁 불던 어느 날 밤에 몸이 움직이질 않아 동네 언니에게 전화를 걸었다. 언니도 놀랐는지 순간이동으로 우리 집에 왔고 나름 연애박사인 언니도 이런 경우는 처음이라며 심각한 표정을 지었다.

"럭키한테 연락해서 다시 만나자고 해봐."

"난 못해. 내가 헤어지자고 했는데 어떻게 그래."

"미련을 남겨선 안 돼. 일단 지르면 그쪽에서 답을 줄 거야."

침대와 한 몸이 되어 영혼이 털린 채 지낸 지 일주일이 지났을 무렵이었다. 겨우 일어나 앉아 핸드폰을 만지작거리며 럭키에게 메시지를 보냈다. '만일 그에게 다른 사람이 있다면 어떡하지?' 가슴이 콩닥거렸다. 10분쯤 지났을까, 그에게서 답장이 도착했다.

'작은 악마가 나에게 인사한다. 하하. 넌 잘 지내고 있었어? 그래, 만나자. 나 기다리고 있었어. 언제 볼래?'

그는 아직 혼자였다. 럭키의 메시지를 받자마자 우울증과 무기력증 증세는 사라졌다. 6개월의 헤어짐 이후 다시 만난 우리는 본격적인 데이트를 했다. 만나면 손을 잡고, 공원에서 반값할인 음식을 먹고, 예쁜 석양 앞에서 입을 맞췄다. 연애와 스킨십에 쑥맥이던 난, 첫키스의 달콤함에 이끌려 그와 만날 때마다 입맞춤으로 서로의 마음을 확인했다.

"사람을 만날 땐 최소한 사계절은 지나봐야 돼."

매번 단기간에 끝나는 나의 연애를 보고 친구가 말했다. 그러고 보니 여태껏 나의 연애는 한 계절도 넘긴 적이 없었다.

계절이 두 번 정도 바뀐 어느 날, 내가 사는 집으로 럭키를 초대했다. 사실 나의 목적은 거사를 치르기 위해서였다. 남녀가 서로 엉켜붙는 순간, 환희로 머릿속이 하얗게 되고 온몸의 희열로 꼬물꼬물 간지럽고 파도처럼 밀려오고 밀려가는 실루엣을 연출하다 탄산수의 시원한 소리를 내며 하늘로 승천하는 일이 생길 것만 같은 그런 밤을 꿈꾸며….

그날, 34살 럭키가 고백했다.

"정말 미안해. 나 사실 한 번도 안 해봤어."

'너나 나나 우린 숙맥이 맞구나.'

두 숙맥의 연애는 어느덧 4년이 넘어갔고 내 나이 42살에 결혼을 했다. 어느 날 친구 녀석이 물어왔다.

"넌 왜 호주로 오게 됐어?"

"글쎄. 내 운명의 남자가 호주에 있어서겠지? 하하."

사랑은 한국에서 호주로 10시간, 국경의 장벽을 뚫었다.

호주에 와서 가장 잘한 일은 그의 프로포즈에 "예스!" 하며 결혼을 한 일이다.

결국 그는 나의 럭키니까.

당신은 점을 믿으세요?

다니던 직장에 사표를 던지고 백수 3주 차에 친하게 지내던 직장 동료 두 명과 저녁을 먹었다.

"언니, 우리 차 마시면서 점 볼래?"

"응? 그런 곳이 있어?"

직장 동생의 소개로 닭갈비 냄새를 폴폴 풍기며 근처 옆 건물로 이동했다. 커피숍 안은 매캐한 담배연기로 가득했고 테이블엔 손님들과 점을 봐주는 차림새의 분들이 보였다. 사실 난 점을 보는 게 처음이었다. 걷기 시작할 무렵부터 독실한 신자이신 엄마를 따라 성당에 다녔고, 성당 문턱을 집인 양 수시로 들락거렸다. 오천 원 점이라도 엄마가 알면 큰일날 일이었다.

"이 도사라고 해요. 담배 피워도 되지? 나이들도 어려 보이니 반말할게."

계량한복을 입은 50대 초반쯤의 평범한 동네 아저씨 같은 사람이 우리 앞에 앉았다.

"이름, 생일, 태어난 시간 얘기해 봐."

뿌연 담배연기가 퍼지면서 주인공의 앞날이 어찌될지를 점치는 영화의 한 장면이 떠올랐다.

"콜록콜록."

코로 확 들어온 연기에 갑자기 기침이 났다. 영화를 찍는다면 이 도사님은 필시 줄담배 필살기로 무대연출을 담당했을 것이다.

"태어난 시는 모르는데 꼭 필요하면 엄마한테 물어볼게요."

"글쎄? 기억이 안 나지. 벌써 30년도 더 됐잖아."

"아니, 어떻게 딸내미 태어난 시간을 모를 수 있어?"

"농사짓다가 애 낳으러 달려가니 그렇지. 야, 오빠 언니는 집에서 낳았지만 그래도 넌 병원에서 태어났다 이것아! 가만 있어 봐라, 너 태어났을 때가 아침 돼지밥 줄 시간이긴 했어."

"뭐? 돼지밥? 그래서 난 도대체 몇 시에 태어난 건데?"

일단 전화를 끊고 다시 테이블로 돌아왔다. 도사님의 점을 열심히 경청하던 회사 동생들은 내 차례라며 태어난 시를 재차 물었다.

"엄마가 그러는데 돼지밥 줄 시간이래요."

동생들의 박장대소가 이어지다 그중 한 녀석이 "아, 돼지밥? 그래서 언니가 먹성이 좋은 거였네" 한다. 그러거나 말거나 도사님은 비엔나 소시지 마냥 줄줄이 한자를 써내려갔다.

"돼지밥은 그래도 양호한 거지. 어떤 사람은 소여물도 있고 닭모이도 있었어."

도사님이 담뱃불을 끄며 내 점괘를 읊조렸다. 사실 당시에 나는 회사를 그만두고 호주로 워킹홀리데이를 떠날 참이었다. 여행도 하고 영어도 배울 겸 고딩 친구 녀석이 살고 있는 호주로 떠날 날짜를 받아둔 터였다.

"역마살이 있구만. 외국에서 살게 될 팔자야. 공부도 오래 할 것 같고, 결혼도 외국에서 할 것 같고, 이 친구는 힘들지 않게 살겠어. 황금 마차가 온다."

난 말문이 막혀서 한 마디도 못 하고 있었다. 오천 원짜리 점은 10분씩 40분 만에 끝나고 우린 다시 맥주집으로 이동했다.

"와, 언니가 외국에 나가는 게 점에도 나오다니 정말 신기하다."

"그러니까, 완전 신기해. 황금 마차는 뭘까? 혹시 로또?"

"외국이니까 금발의 호주 남자를 만나는 거 아냐?"

"맞다, 맞어."

우리는 그렇게 왁자지껄 점 이야기에 푹 빠졌다. 도사님은 서울대 철학과를 나오셨다고 했는데 반은 맞추고 반은 틀렸다. 그 황금 마차는 돈도 아니고, 금발의 호주 남자도 아니었기 때문이다. 내게 온 황금 마차는 황금색 커리 가루를 가득 실은 인도 남자가 아니었을까.

이놈의 미련

"좌석 여기 맞지?"

수다를 떨다 부랴부랴 극장 안으로 뛰어들어 가 핸드폰 손전등을 켜고 좌석에 앉았다. 오랜만에 가져보는 친구랑 영화데이트다. 꼭 보고 싶은 영화라서가 아니라 그냥 어두운 극장 안에서 팝콘을 먹으며 계속해서 이어지는 친구와의 대화가 좋아서다. 영화를 보는 내내 눈물 콧물을 다 쏟아내고 맛있게 저녁을 먹는 친구를 보며 물었다.

"너 괜찮냐? 너 때문에 내 휴지 동났어!"

"넌 왜 안 울어? 너무 애틋한 러브스토리잖아."

친구말 대로 난 애절한 러브신에선 눈물이 나오지 않았다.

"몰라, 감정이 메말랐나 봐. 나 워낙 영화든 드라마든 눈물짜기 선수였는데…. 근데 나 조금 울었어. 왜 주인공이 아홉 달

배불러 아픈 남편 쳐다볼 때 말야. 배 속에 아이가 불쌍해서. 지금도 눈물 나려 하네."

요즘 난 감정이 전혀 다른 곳에서 질퍽거린다. 중년의 갱년기 증상처럼 호르몬의 변화가 시작되어선가 슬픔이 나오는 지점이 혼란스럽다. 영화 내내 사랑의 슬픔으로 가득했지만 정작 내 가슴을 아프게 한 건 세상에 나오지도 않은 배 속 아이의 처지였다. 내가 아이를 가질 수 없는 불임이라 그런가 요즘은 아이에 관한 스토리에 감정이 울컥한다.

결혼을 하면 자연스레 아이가 생기고 가족을 만들어 사는 줄 알았다. 내 인생도 내 삶도 당연히 그리될 줄 알았다. 호주에 살아서 더 아이를 낳고 싶었는지 모른다. 남편도 나도 유학과 이민자로 정착해서 타지생활의 외로움을 아니까 더 내 가족을 만들고 싶었다. 주위에 아이가 있는 친구들이 부럽고 샘이 나다가도 아이들의 존재는 예쁘니까 보기만 해도 엄마 미소가 번진다.

마흔이 넘어 지금의 남편을 만나 참 행복하다. 그는 밝은 에너지가 가득해서 다소 부정적인 내 마음을 금세 희극으로 만든다. 그 에너지에 물들어 나도 점점 유쾌한 사람이 된다. 몇 번의 인공수정 후 더 이상 아이를 가질 수 없다는 소리를 듣고도 자신이 남편이자 아들이니 괜찮다고 웃으며 나를 다독인 사람이다. 그 앞에 한없이 미안하지만 또 그렇게 살아진다.

아이에 대한 미련은 애석하게도 쉽게 포기가 되지 않는다.

그 미련으로 한때 나는 참 불행했다. 다 내 잘못 같아 나를 힘들게 방치했다. 그러다 유튜브에서 법륜스님이나 김미경 강사, 켈리 최의 긍정 메시지와 '나를 용서하고 사랑하는 법, 세상을 용기 있게 살아가는 법, 모든 걸 받아들이고 감사기도 드리는 법' 등의 강의를 들으며 많이 밝아졌다. 미련이 남으면 남는 대로 그 시간을, 나에게 주어진 현재를 살아가면 된다. 언젠가 내 인생 선배인 친정언니가 한 말이 있다.

"소연아, 너무 애쓰며 힘들게 살지 마. 사람들 사는 거 다 고만고만 해. 그냥 즐기며 살아."

미련, 후회, 슬픔까지 다 내 몸 속 장기처럼 함께 가야 한다. 새마음으로 살고파 일부러 버리려고 떼어내도 어느새 내 안에 찾아와 있다. 그래서 난 함께 가기로 했다. 그놈의 미련. 그래, 너는 나의 친구다.

나의 사랑, 나의 반려견

언젠가 말야. 너희가 천국으로 가서 사람의 언어를 알아들을 수 있게 된다면 그때 이 편지를 읽을 수 있을 거야. 왜 가끔 부모들이 자식에게 편지를 쓰기도 하잖아. 너희에 대한 고마움을 이렇게나마 표현하고 싶어.

사랑스런 내 반려견 조조랑 지지야.

너희들이 우리에게 오던 날이 엊그제 같은데 벌써 수개월이 지났어. 엄마, 아빠는 아이를 갖고 싶어 애를 썼지만 현대의학으로도 꿈을 이룰 수 없었지. 그리고 너희들이 운명처럼 우리에게 온 거야.

지지를 픽업 갔을 때 말야. 엄마는 그때를 잊을 수가 없어. 작고 작은 8주 아기여서 만지기도 무서웠지. 지지의 엄마는 딸이 가는 모습을 애처롭게 쳐다보고 꼬리를 흔들면서도 안절부

절못했어. 그런 지지의 엄마에게 인사하며 눈으로 말해줬어.

'고맙습니다, 지지 엄마. 예쁘게 잘 키울게요. 걱정 마요.'

새집에 낯선 사람들 속에서 너희가 얼마나 불안했을까. 지금 돌아보면 나도 부족한 인간인지라 너희와의 적응 기간은 정말 힘들었던 것 같아. 너희의 마음을 모르니까, 우리는 너무 다르니까. 반려견을 키워본 적 없는 엄만 솔직히 후회를 많이 했어(미안해). 후회하고 화내고 힘들어서 울고 그러다 보면 너희들이 달려들어 어느새 눈물을 닦아주고 있더라. 그것도 하늘에 먹구름처럼 지나고 나면 너희 때문에 웃고 있고, 너희처럼 펄쩍펄쩍 뛰어오르고, 장난치며 같이 바닥을 구르고 있더라.

어제 너희랑 하루종일 같이 있으면서 엄만 너무 편안하고 재밌었어. 너희랑 산책도 하면서 얘기도 하고 킁킁 바닥 냄새를 맡으며 여기저기로 뛰어다니는 너희가 행여 이상한 걸 집어먹지나 않을까 내 눈이 가운데로 몰릴 만큼 집중해서 너희를 관찰했지. 그리고 바닥에 씹던 껌이 많더라는 걸 처음 알았구나. 공원관리 아저씨가 돌아가는 걸 보고 너희 목줄을 살짝 풀어 자유를 주었지. 너희보다 열 배는 큰 어른이지만 쏜살같이 달리는 네 발 아이들을 잡기란 50을 바라보는 엄마의 폐는 살짝 무리였단다.

다른 개들에게 짖어대는 걸 보니 우리 아이들 언제 이렇게 컸나 싶다가도 너희가 특히 사람들에게 친절한 만큼 다른 개들에게도 친절해야 함을 가르쳐야겠다고 생각했어. 내 편, 남의

편 나누지 말고 두런두런 다정하게 대해야 이 세상 살아가기가 편하단다.

오늘 산책은 개 공원과 운동장도 돌아보느라 두 시간이 훌쩍 지났지. 너희들이 신나 하는 모습을 보니 엄마가 쉬는 날이나 퇴근하고 나면 어떻게든 짬을 내서 바깥세상 구경시켜줘야지 하는 생각이 들었어. 집에서 내내 엄마, 아빠만 기다렸을 너희가 늘 마음에 걸리거든. 예전 우리 엄마도 그랬을 거야. 우리 엄마는 다섯 아이를 혼자 키우느라 일을 많이 하셨거든. 퇴근하고 종종걸음 버스 안에서, 아마 집에서 기다릴 애들 생각에 마음이 조급했을 거야. 내 엄마의 마음이 느껴져서 코끝이 찡해온다.

내가 나름 너희를 만나 부모 노릇을 하다 보니, 부모의 마음을 읽게 된다. 부모가 되고 책임감이란 게 어떤 건지 온몸으로 알게 된다. 부모가 되고 내가 부모가 될 수 있게 태어나 준 너희들에게 감사해. 난 아직도 불안정하고 감정 기복도 심하고 못되고 이기적인 인간이야. 참을성도 없어서 엄마로서는 빵점에 가깝다고 할 수 있지. 그런 엄마인데도 너희는 다가와 꼬리를 흔들고 핥아주고 안아주고 나만 바라봐주는구나. 너희에게 소리 지르고 혼내고 괜히 데려왔다 속 없이 원망해도 날 끝까지 믿어주고 좋아해줘서 고마워. 내가 싫어하는 나조차도 너희는 괜찮다며 무릎에 안기곤 하지.

얼마 전 지하철역 앞에 홈리스 아저씨와 같이 있는 반려견을 봤어. 비가 오나, 추우나, 더우나 항상 아저씨 옆에 있더라. 너희들의 사랑은 마치 부모의 큰 사랑 같아. 내가 가진 사랑보다 너희에게 받는 사랑이 이렇게 클 줄 몰랐어.

변함없는 사랑을 보여주는 조조, 지지야. 대소변을 못 가려도, 너희가 주는 사랑으로 참아낼게. 우리 부부에게 자식이 되어줘서, 우리에게 가족을 만들어줘서, 우리에게 좋은 추억을 줘서 정말 고마워. 나는 너희에게 사랑을 배운단다. 나는 너희에게 무한한 사랑을 받는단다. 우리 이번 생은 이렇게 만났으니 행복하게 잘 살아보자.

프린세스 똘똘이

난 우리 집 프린세스 고양이, 이름은 똘똘이다. 난 귀여운 얼굴에 수염이 있고, 다리 4개와 긴 꼬리가 달려서 사람들은 고양이라 부르지만 내 맘은 뼛속부터 인간인 듯싶다. 나의 주인 아빠는 사고로 뒷다리, 엉덩이뼈가 부서진 나를 데려다 수술을 시키고 지금까지 아빠 노릇을 자청하고 있다. 인도 남자이면서 한국드라마와 사랑에 빠져 내 이름마저도 드라마 어디서 본듯한 똘똘이로 지어놓고 "똘똘아~ 똘똘아~" 하고 부른다. 난 귀찮아서 7번 째쯤에 뒤를 돌아 야옹 한 번 해주면 주인은 얼굴 가득 미소를 지으며 참치 캔을 따준다. 사실 내 이름은 효리이고 싶다. 보는 눈이 1도 없는 주인 아빠는 고장난 침샘을 달고 다니는 옆집 개에게나 어울리는 이름을 내게 지어주고 말았다. 그래서 난 시치미를 뚝 떼고 나를 부르든 말든 모른 체한다.

주인 아빠는 퇴근 후 "마이 프린세스!" 하며 끈적한 얼굴로 내 볼을 사정없이 비벼댄다. 어릴 때부터의 이 주입식 교육은 내 아름다운 외모를 더 빛나게 했고 이 세상엔 아빠와 나만으로도 행복했다. 그 낯선 여자가 우리 집에 드나들기 전까지는 말이다.

그 여자를 처음 본 건 내 나이 5살, 주인 아빠가 즐겨 보던 드라마에 여리여리한 주인공을 못살게 굴던 같은 반 동급생일 듯한 외모의 소유자였다. 난 주인 아빠의 안목에 적잖은 실망을 했지만 그녀의 칠흑 같은 검은 머리는 참으로 매력적이었다. 주인 아빠와 나의 평화로운 주말 시간은 사라지고 그녀의 향기로 온 집안이 들썩거렸다. 그녀는 여느 드라마에서 보던 토종한국인에다 종종 그들이 즐겨 먹는 김치를 냉장고에 넣어놓고, 빨간색 가루를 팍팍 넣은 보기만 해도 재채기가 나오는 음식을 자주 만들어 먹곤 했다.

밤이 되면 어김없이 그들은 침대에서 엎치락뒤치락했다. 그 모습을 보자니 어제 그녀가 가져온 초코빵에 바닐라 크림이 생각났다. 조용히 바라보다 하품을 하며 오늘은 거실에서 자야겠다 싶어 방을 나왔다.

주인 아빠의 그녀는 고양이를 무서워했다. 손을 반쯤 뻗어 내 머리를 만지려다 이내 악! 소리를 내며 잽싸게 손을 뒤로 숨겼다. 그럴 때면 아무 짓도 안 한 나는 마치 대역죄인이 된 듯 억울했다. 나처럼 우아하고 교양있는 고양이를 무서워하다니.

분명 저 여자는 전생에 쥐였거나 아니면 성격이 이상하든가 둘 중 하나다. 그도 그럴 것이 그녀는 어릴 적 고양이가 귀신을 볼 수 있다는 소문을 듣고 영적인 동물 같아 무섭다고 주인 아빠에게 말했다.

이 말은 금시초문이라 난 좀 어리둥절했다. 난, 우리 고양이들은 영적인 그 무엇도 볼 수 없다. 엄마나 할머니도 꿈속에서조차 나타나지 않는다. 신이 우리 같은 네 발 짐승에게 무슨 초능력을 주셨단 말인가. 만약 우리에게 식스 센스가 있다면 우리는 고독한 인간을 본능적으로 알아볼 수 있다는 정도다. 고독은 인간을 외롭게 한다. 예전에 살던 동네에 길냥이는 버려지기 전 주인 옆에 항상 붙어있었다고 한다. 인간은 나약하고 눈물이 많은 존재라서 옆에서 지켜주지 않으면 안 된다고 했다. 결국엔 자신이 버려질 거라는 걸 알지 못한 채 말이다.

주인 아빠의 그녀는 서서히 우리 집을 장악했고, 서열 3위에서 2위로 올라서더니만 가끔 목소리가 커지며 그녀의 머리 위로 스팀이 올라오는 날이면 서열 1위로 우뚝 올라섰다. 그러던 어느 순간 옷장 속 그녀의 옷들이 늘기 시작하더니 둘은 결혼을 하고 나를 위해 더 큰 집으로 이사를 했다. 이사한 집은 방도 여러 개여서 내 방도 생기고 정원도 있었다. 난 정원을 거닐며 일광욕을 즐기고 몸에 좋다는 풀, 녹황색 채소도 맛있게 먹었다. 새엄마 주인은 이제 나를 무서워하지 않고 도망가는 나를 안고 부비부비 뽀뽀한다. 가끔은 싫지만 포기해준다.

새엄마의 퇴근길을 기다리던 어느 날, 분명 집에 들어온 새엄마가 보이지 않았다. 배가 고파진 나는 집안 구석구석 엄마 주인을 찾아다녔다. 그녀는 침대에 얼굴을 파묻고 있어서, 작은 인간들이 자주 하는 '까꿍'이란 걸 하려나 싶어 속아주는 척 곁으로 다가갔다. 난 그때 묘생 12년 만에 처음으로 길냥이 친구가 얘기했던 인간들의 눈물이란 걸 보았다. 눈물은 소리를 내며 빗물처럼 흘렀다. 우는 사람은 고독하다는 친구의 말이 떠올랐다.

얼마 전까지 흑백의 아기 사진이라며 점 하나를 보여주며 해맑게 웃었는데 아무리 생각해도 도무지 우는 이유를 알 수 없었다. 울다 잠든 엄마를 바라보다 가슴 위로 올라가서 엄마의 숨소리를 들었다. 그리고 자장가를 불러주었다. 그르릉그르릉.

주인 아빠가 오고 잃어버린 자식을 찾듯 둘은 부둥켜안고 밤새 울었다. 난 엄마가 되고 부모가 되는 마음을 잘 모른다. 내가 어릴 때 사람들은 나를 위해서라며 내 자궁을 꺼내 갔다. 난 그때부터 여자도 아니고 어른도 아니고 평생 아기처럼 행동하며 살아야 했다. 가끔 엄마가 참치 캔을 따주며 맛있게 먹고 있는 나에게 말했다.

"똘똘아, 난 네가 너무 부럽다. 돈 벌러 회사 안 가도 되고, 요리 안 해도 되고, 옆에서 다 케어해주고 아무 걱정이 없잖아."

모르는 소리! 이 세상 어느 누구도 걱정 없는 삶은 없다. 그냥 사는 거지. 살다 보면 다 지나가는 거지. 엄마는 종종 날

철학자로 만들어준다. 그사이 우린 또 한 번의 이사를 했고 나의 마지막을 보내기엔 그지없이 썩 괜찮은 집이었다. 내가 아프기 시작하자 주인 아빠, 엄마는 병원이란 곳에 나를 데려갔다. 거기엔 미래를 미리 볼 수 있는 점술사가 하얀색 가운을 입고 앉아있었다.

"똘똘이 병이 심각한가요?"

"음… 엑스레이랑 피검사 결과로 봤을 땐 암이에요. 3개월 남았습니다."

냥이 인생 15년이 되던 해에 난 시한부 선고를 받았다. 난 죽는 게 무섭지 않다. 묘생, 왔으면 가는 거지. 보고픈 사람도 없고 이 세상 아쉬움도 없다. 하지만 나를 바라보는 아빠와 새엄마를 두고 떠나야 하는 게 마음이 쓰인다.

'내가 더 잘할 걸, 퇴근하고 오면 문 앞에서 반갑게 맞아줄걸, 밥 줄 때 아빠 다리 한 번 더 쓰다듬어줄걸, 귀찮게 한다고 도망 다니지 말걸….'

돌아보니 후회되는 게 있지만 절대 미안한 내색은 하지 않는다. 하던 대로 습성대로 도도하게 가련다. 표현이 서툴 뿐 사랑이 없는 건 아니니까. 아빠, 엄마 덕분에 행복한 냥이로 살았으니 다음에 때가 되면 내가 마중 나가야겠다.

함께여서 행복했습니다. 가족이 되어 줘서 고맙습니다. 사랑합니다.

살아 있다는 건 울어야 아는 것

초판 1쇄 발행 2022년 1월 10일

기획   장겸주
지은이   김별, 박은지, 선율, 장겸주, 조소연
펴낸이   정혜윤
디자인   김태욱
펴낸곳   SISO

주소   경기도 고양시 일산서구 일산로635번길 32-19
출판등록 2015년 01월 08일 제 2015-000007호
전화   031-915-6236
팩스   031-5171-2365
이메일   siso@sisobooks.com

ISBN   979-11-89533-91-5 (03800)